COLLECTION FOLIO

Gainsbourg

Mon propre rôle

1

Présenté par Alain Coelho

Denoël

Avertissement de l'éditeur :

Tous les textes de *Mon propre rôle* (à l'exception du chapitre « Dernières nouvelles des étoiles » qu'il n'a pu revoir dans le tome 2) sont conformes au dernier état corrigé et voulu par Serge Gainsbourg. Ils constituent donc l'édition définitive de la somme de ses textes.

Conception et réalisation :
Franck Lhomeau et Alain Coelho.

GAINSBOURG CÔTÉ TEXTE

Les premiers écrits de Gainsbourg, de 1958 à 1962, n'ont rien à proprement parler du ton « gainsbourien » célébrissime des années 80. Ses débuts d'auteur participent plutôt d'un ton ambiant rive gauche, donné d'un côté (en Sorbonne et en librairie) par Sartre, lequel procède en ce sens de Céline, et d'un autre côté (dans les « caves » et chez les musiciens) par quelques chanteurs à textes, principalement Boris Vian. Des réminiscences surréalistes hantent aussi cette phrase première, et un amour du « noir » (qui se broie, chacun sait, comme on dit qu'un peintre broie les couleurs) ; Baudelaire et Poe sont les véritables ombres tutélaires de Gainsbourg.

Dès 1958 — date de naissance de Serge Gainsbourg, le peintre Lucien Ginzburg, répudié, est mort en lui — se dégage un plaisir de l'association verbale ; l'auteur sait que les mots ont plusieurs sens possibles, et que le jeu des mots est la dérive ambiguë du sens, teintée de la précision du collage surréaliste : le « ciel » de 1958 (l'horizon du poinçonneur qui travaille à la station des Lilas, dans la chanson du même nom) et un ciel de « faïence », et l'un des plus beaux vers de la chanson française.

Intoxicated man, *texte de 1962, apparaît comme un point frontière. Réplique manifeste au* Je bois *de Boris Vian, il offre un attrait particulier pour la sonorité et cette technique du rejet qui vont caractériser Gainsbourg. L'année suivante en consacre la parfaite maîtrise. Le texte* Pauvre Lola *est exemplaire :* Il est des mots tendres / Qu'elle aime entendre / Tendre Lola / Oui quelques mots tendres / Devraient atten- / Drir Lolita. *Dans ces quelques vers laconiques s'énonce aussi le caractère définitif, sans appel, de l'univers singulier qui cherche à s'unifier en Gainsbourg :* On ne peut pas te prendre / Tu dois t'en rendre / Compte Lola / On ne peut pas te prendre / Jusqu'aux calendes / Grecques Lola. *Il semble que la perspective de l'auteur soit enfin trouvée ; de cette adéquation du rejet et d'un « ton distant », Gainsbourg va faire, avec l'association verbale, la clef de voûte de ses recherches d'écriture.*

Ensuite tout s'organise assez naturellement, et chaque fois l'évolution musicale de Gainsbourg correspondra à ce qui rend, au mieux, cette nécessité laconique du ton, du rejet, de l'association verbale et de l'obsession formelle. Cela s'illustre magnifiquement avec Elaeudanla Téitéia. *Cette chanson sera « comprise » spontanément (ce qui ne l'avait pas été pour* La Javanaise, *exercice sur les sonorités en « v », d'où le nom de la chanson d'après ce procédé d'élocution dit « javanais »).* Sur ma Remington portative *(premier vers), Gainsbourg emploie le nom de la marque de la machine à écrire comme cela se fait dans le roman noir américain (lequel est glorifié alors rive gauche par Godard et Louis Malle).* J'ai écrit ton nom Lætitia *(deuxième vers),* Elaeudanla Téitéia *(troisième vers), à la fois refrain, titre de la chanson entière, et le dessin exact des lettres mises bout à bout que l'auteur frappe sur la machine en inscrivant le nom de la femme et destinataire,*

Lætitia. Immense leçon de désinvolture, ce texte est le manifeste d'une liberté brutale face aux conventions de la chanson d'alors. Indication formelle d'espaces littéraires et harmoniques que la chanson annexe, option immense, ce clavier de « la machine à écrire » de Gainsbourg de 1963, mis au premier plan, crée un ton singulier, une perspective particulière, le regard distant gainsbourien qui s'érige. Ce regard extérieur *posé sur soi et sur les êtres révèle, en contrepoint, une perte et une pure fascination formelle ; Gainsbourg l'énonce sans ambages dans l'avant-dernier tercet :* Ma raison en définitive / Se perd dans ces huit lettres-là / Elaeudanla Téitéia.

Gainsbourg travaille énormément la technique du rejet et la recherche de la sonorité ; c'est la langue anglaise qui, dès 1966, lui offrira l'occasion d'une étonnante synthèse. Ce sera Docteur Jekyll et Mister Hyde, Qui est in qui est out ; Shu ba du ba loo ba...

Chez le musicien Gainsbourg, un raffinement de l'écriture est intimement lié à une nouvelle orchestration. Gainsbourg a alors laissé Alain Goraguer (pianiste de Boris Vian) et son orchestre pour enregistrer à Londres avec les plus grands musiciens anglais du moment. En cette même année 1966, il a travaillé aux dialogues d'un film. Ce seront les paroles douces-acides de la comédie musicale Anna.

1968, l'esthétisme formel s'est augmenté dans le texte de Gainsbourg et le dévore. Le jeu des sonorités et des rejets, les associations au énième degré, les anglicismes, sont devenus autant d'impacts esthétiques et la part prépondérante du message délivré. Ils définissent de manière paroxystique la position de retrait et de contemplation sensuelle de l'auteur. C'est l'époque de ses grands titres Initials B.B., Ford Mustang, L'Anamour, Elisa..., *portés d'un besoin torren-*

tiel d'harmonie (Gainsbourg, aucun doute, se souvient de Baudelaire, de Rimbaud, du surréalisme, mais aussi de la perfection poétique que sont pour lui tel sonnet d'Heredia, ou telles pages de Nabokov). Le torrent ira jusqu'à l'élaboration de son premier « disque-roman », en 1971, « Histoire de Melody Nelson ». Puis son deuxième, en 1976, « L'Homme à tête de chou ». Entre les deux, deux disques où Gainsbourg se livre plus que jamais à la « leçon » que procurent les sonorités et les associations sur la signification même (Par hasard et pas rasé, Titicaca, L'hippodame, Sensuelle et sans suite, *en 1973 ;* Tata Teutone, Zigzig avec toi, Est-ce est-ce si bon ?, S.S. in Uruguay, *en 1975).*

1979, il écrit Lola rastaquouère *sur le modèle du sonnet de Heredia,* Les Conquérants, *qui représente pour lui une pierre de perfection. L'année suivante, 1980, il publie chez Gallimard son roman,* Evguénie Sokolov, *qu'il méditait depuis 1974, et qu'il qualifie de « parabolique ». Le personnage principal y est un peintre, bientôt génial mais au prix d'une honte personnelle — une laideur intime — ses flatulences irrépressibles : si cette laideur disparaît, plus de génie. L'écriture en est « médicale », quasi « scientifique », en une sorte d'*exposé *qui prend place dans un flot romanesque halluciné, noir, baroque, immense et nostalgique — décor qui est le véritable fond de l'ouvrage. Il publie aussi* Au pays des malices, *large choix de ses meilleurs textes depuis ses débuts, aux éditions Le Temps Singulier. Il les augmente d'un recueil d'aphorismes, genre qu'il prise au plus haut point et dont il ose pour la première fois la publication. Ce sont souvent des « variations », ou certaines coulisses inavouées de ses textes chantés, et nous nous souvenons avoir assisté, au cours des heures nocturnes de corrections d'épreuves, à l'émergence heureuse de plus d'un.*

1983, la bande-son d'Équateur comporte le plus grand roman « gainsbourien » en talk over dans l'adaptation étonnante qu'il fait du texte de Simenon, et dans la diction dont il trace la direction à Francis Huster. Entre-temps, côté chansons, le texte de Gainsbourg évolue considérablement. C'est le « timbre » de l'instrument qui semble avoir changé. Dans le jeu des sonorités et l'obsession harmonique est entrée une nouvelle constante : la nostalgie. Une lente et esthétique douleur voisine avec le sentiment d'une histoire vécue, d'un temps passé ; la signification centrale du message de Gainsbourg est alors que l'univers s'est fermé, écoulé, est passé. Cela donnera les étonnants textes du disque « Mauvaises nouvelles des étoiles ». Sous ce titre — emprunté à Paul Klee — Gainsbourg, un instant, songera à faire un roman, ce fameux « journal fictif » dont il parlait alors volontiers, et qu'il ne mènera pas.

Dans les convulsions de cette nostalgie sensuelle, il commence à signer les textes majeurs de sa dernière « période ». Pour son interprète féminin par excellence, Jane Birkin, ce sera « Baby alone in Babylone » en 1983. Toute cette époque est musicalement placée (depuis « Melody Nelson ») sous le sceau de la grande option harmonique qu'il fait pour la chanson, la technique parlée dite « talk over ». Gainsbourg s'est ainsi débarrassé de l'écueil du refrain. C'est par là aussi qu'il glisse, de la chanson, à ces séquences pures des dernières années, pour lesquelles le mot anglais de lyrics est assez adapté. La séquence sonore est unifiée en une sorte de polyphonie moderne ; les instruments se répondent, tissent un réseau subtil où les chœurs et le thème principal, chantés, deviennent une partie de l'instrumentation générale, sur laquelle la parole et la diction trônent, révèlent et modulent leurs plus infimes intentions. Le Gainsbourg musicien, à la fois compositeur et interprète, et le

Gainsbourg auteur, c'est-à-dire écrivain, s'y répondent parfaitement, traçant avec la parole, la « voix de l'auteur », Gainsbourg, au long d'une quinzaine d'années, une sorte de ligne romanesque des plus originales qui, comme Gainsbourg lui-même, ne pourra plus, en aucun cas, se réduire à « la chanson ». L'expérience de Serge Gainsbourg est considérable en ce sens que, empruntant à la musique, au cinéma, à la poésie, au théâtre (diction), il a dégagé des agencements d'humeurs et de mots des plus synthétiques ; créant une esthétique propre en laquelle plusieurs générations se sont croisées.

Comment Gainsbourg écrit-il ? Le sens *pour lui est toujours ponctuel. Il est avant tout musical. De 1958 aux derniers jours de 1991, les mots s'échangent, se cherchent, se fondent eux-mêmes. Et c'est le plaisir, la force de leur imbrication heureuse qui tracent le véritable sens à partir d'une perspective intime générale, laquelle chez Gainsbourg est, depuis ses débuts, la vérité ou la mise en scène d'une* distance ; *comme si à cela, à ce mouvement sans cesse vital, avait tenu son existence. Alors peuvent passer, danser, s'éclairer, se répondre les mots et leurs associations internes. Du « Gardénal » de la fin des années 50, au « Lemon incest » (un zeste de citron = inceste de citron) de 1985, en passant par l'Isidore Isou de* Exercices en forme de Z *(créé pour Jane Birkin), le para de* Par hasard et pas rasé, *la « Remington » des années 60, le « kleenex » de* Comment te dire adieu *(créé pour Françoise Hardy), les réminiscences surréalistes et les collages littéraires (le* Jésus rastaquouère *de Picabia et le* Lola *de Nabokov donneront le texte* Lola rastaquouère*), Gainsbourg a pris aux mots leur impact autonome et les a agencés en un cours qu'il surplombe. Et la nature même de ce surplomb — sa nécessité absolue — est le véritable* fond *de son œuvre, la « perspective » indiciblement* *personnelle de celui qui parle, la chair réelle de l'auteur qui s'est appelé Serge Gainsbourg, douloureuse, sans cesse changée en formes, en pudeur, en alibi, en charme ; en chant.*

Alain Coelho

Veuillez sucer, je vous prie, en lisant ces lignes,
le jus d'une cerise.

FRANCIS PICABIA

I

J'suis l'poinçonneur des Lilas
Le gars qu'on croise et qu'on n'regarde pas
Y'a pas d'soleil sous la terre
Drôl' de croisière
Pour tuer l'ennui j'ai dans ma veste
Les extraits du Reader Digest
Et dans c'bouquin y a écrit
Que des gars s'la coulent douce à Miami
Pendant c'temps que je fais l'zouave
Au fond d'la cave
Paraît qu'y a pas d'sot métier
Moi j'fais des trous dans des billets

J'fais des trous, des p'tits trous encor des p'tits trous
Des p'tits trous, des p'tits trous toujours des p'tits [trous
Des trous d'seconde classe
Des trous d'première classe
J'fais des trous, des p'tits trous encor des p'tits trous
Des p'tits trous, des p'tits trous toujours des p'tits [trous

Des petits trous, des petits trous,
Des petits trous, des petits trous.

J'suis l'poinçonneur des Lilas
Pour Invalides changer à Opéra
Je vis au cœur d'la planète
J'ai dans la tête
Un carnaval de confetti
J'en amène jusque dans mon lit
Et sous mon ciel de faïence
Je n'vois briller que les correspondances
Parfois je rêve je divague
Je vois des vagues
Et dans la brume au bout du quai
J'vois un bateau qui vient m'chercher

Pour m'sortir de ce trou où je fais des trous
Des p'tits trous des p'tits trous toujours des p'tits [trous
Mais l'bateau se taille
Et j'vois qu'je déraille
Et je reste dans mon trou à faire des p'tits trous
Des p'tits trous, des p'tits trous toujours des p'tits [trous
Des petits trous, des petits trous,
Des petits trous, des petits trous.

J'suis l'poinçonneur des Lilas
Arts-et-Métiers direct par Levallois
J'en ai marre j'en ai ma claque
De ce cloaque
Je voudrais jouer la fill'de l'air

Laisser ma casquette au vestiaire.
Un jour viendra j'en suis sûr
Où j'pourrais m'évader dans la nature
J'partirai sur la grand'route
Coûte que coûte
Et si pour moi il n'est plus temps
Je partirai les pieds devant

J'fais des trous des p'tits trous encor des p'tits trous
Des p'tits trous des p'tits trous toujours des p'tits [trous
Y'a d'quoi d'venir dingue
De quoi prendre un flingue
S'faire un trou, un p'tit trou, un dernier p'tit trou
Un p'tit trou, un p'tit trou, un dernier p'tit trou
Et on m'mettra dans un grand trou
Où j'entendrai plus parler d'trou plus jamais d'trou
De petits trous de petits trous de petits trous

C'est nous les déménageurs de piano
Des Steinway des Pleyel et des Gaveau
Du tintement des pourboires économiques
Nous on connaît la musique
Pour ce qui est du reste ça c'est pas nos oignons
Artistes nous on ne l'est pas pour deux ronds
Quand la musique vous a brisé les reins
Y'a pas de charleston qui tient

Pour nous prendre aux tripes
Faut se lever de bonne heure
Dire qu'il y a des types
Qui sur c't'engin d'malheur
Arrivent à faire croire
A tous les ballots
Que la vie c'est comme au piano

D'lamour ils en font tout un cinéma
A les écouter de vrai y'aurait que ça
Qu'est-ce qui resterait pour les déménageurs
Qu'en ont des tonnes sur le cœur

Il nous resterait qu'à nous noircir sur le zinc
Mais là encore faut se farcir le bastringue
Il se trouve toujours parmi nous un toquard
Pour y glisser ses pourboires

Pour nous les faire taire
Y'a vraiment qu'une façon
Les envoyer faire
Un p'tit tour au charbon
Sur le piano massacre
De la réalité
Ils toucheraient du doigt la purée

C'est nous les déménageurs de piano
Des Steinway des Pleyel et des Gaveau
Du tintement des pourboires économiques
Nous on connaît la musique
Au fond à quoi qu'ça sert de discuter
Comme l'a dit l'autre « à chacun son métier »
Tirer sur le pianiste c'est pas not'boulot
Nous on tire sur le piano

Tant qu't'auras ma belle de chouettes avantages
T'auras des amants t'auras du succès
T'auras des vacances sur les beaux rivages
Et des bikinis à tout faire craquer
T'auras des visions t'auras des bagnoles
Des types bien sapés te f'ront du baise-main
Tu f'ras des sourires tu joueras ton rôle
Mais tu n'seras jamais qu'une petite putain

Putain des trottoirs putain des palaces
Pour les mecs dans l'fond c'est le même tabac
On lui paye son prix on s'en débarrasse
Faut qu'elle fasse l'amour et pas d'embarras
D'ailleurs un beau jour ma bath petite môme
Faudra qu'tu t' décides à passer la main
Alors en chialant tu t'diras qu'ma pomme
Elle avait du bon en tant qu'écrivain

C'est tout ce que t'auras mes vers à la gomme
Ma littérature dont tu t'es foutu
C'est tout ce que t'auras pour t'rappeler les hommes

Tes anciens mordus qui t'regarderont plus
C'est le seul miroir où tu n'seras pas moche
Il est garanti pour l'éternité
Le vieux père Ronsard n'était pas une cloche
Quand il disait ça à sa mijaurée

Mes illusions donnent sur la cour
Des horizons j'en ai pas lourd
Quand j'ai bossé toute la journée
Il m'reste plus pour rêver
Qu'les fleurs horribles de ma chambre

Mes illusions donnent sur la cour
J'ai mis une croix sur mes amours
Les p'tites pépés pour les toucher
Faut d'abord les allonger
Sinon c'est froid comme en décembre

Quand le soir venu j'm'en reviens du chantier
Après mille peines et le corps harassé
J'ai le regard morne et les mains dégueulasses
D'quoi inciter les belles à faire la grimace
Bien sûr y'a les filles de joie sur le retour
Celles qui mâchent le chewing-gum pendant l'amour
Mais que trouverais-je dans leur cœur meurtri
Sinon qu'indifférence et mélancolie

Dans mes frusques couleur de muraille
Je joue les épouvantails

Mais nom de Dieu dans mon âme
Brûlait pourtant cette flamme
Où s'éclairaient mes amours
Et mes brèves fiançailles
Comme autant de feux de paille
Aujourd'hui je fais mon chemin solitaire
Toutes mes ambitions se sont faites la paire
J'me suis laissé envahir par les orties
Par les ronces de cette chienne de vie

Mes illusions donnent sur la cour
Mais dans les troquets du faubourg
J'ai des ardoises de rêveries
Et le sens de l'ironie
J'me laisse aller à la tendresse

J'oublie ma chambre au fond d'la cour
Le train de banlieue au petit jour
Et dans les vapeurs de l'alcool
J'vois mes châteaux espagnols
Mes haras et toutes mes duchesses

A moi les p'tites pépés les poupées jolies
Laissez venir à moi les petites souris
Je claque tout ce que je veux au baccara
Je tape sur le ventre des Maharajas
A moi les boîtes de nuit sud-américaines
Où l'on danse la tête vide et les mains pleines
A moi ces mignonnes au regard qui chavire

Qu'il faut agiter avant de s'en servir
Dans mes pieds-de-poule mes prince-de-galles
En douce j'me rince la dalle

Et nom de Dieu dans mon âme
V'là qu'j' ressens cette flamme
Où s'éclairaient mes amours
Et mes brèves fiançailles
Où se consumaient mes amours
Comme autant de feux de paille
Et quand les troquets ont éteint leurs néons
Qu'il n'reste plus un abreuvoir à l'horizon
Ainsi j'me laisse bercer par le calva
Et le dieu des ivrognes guide mes pas

Écoute c'est toi qui conduis ou moi
C'est moi alors tais-toi
Y'a du whisky dans la boîte à gants
Et des américaines t'as qu'à taper dedans

Écoute écoute un peu ça poupée
T'entends mon air préféré
Mets-moi la radio un peu plus fort
Et n'aie pas peur j'vais pas aller dans les décors

Soudain juste avant Monte-Carlo
C'est ça c'est ça l'manque de pot
V'là qu'la Jaguar fait une embardée
Et droit devant la v'là qui pique dans le fossé

Et pendant que tous deux agonisaient
La radio la radio a continué de gueuler
Demain on les ramassera à la petite cuillère

La femme des uns
Sous l'corps des autres
A des soupirs
De volupté
On s'en fout quand
C'est pas la nôtre
Mais celle des autres
D'abord on s'dit vous
Et puis on s'dit tout
On s'envoie un verr'
On s'envoie en l'air
Et tout là-haut
Là-haut
Tout là-haut
Là-haut
On regarde en bas
Et qu'est-ce qu'on y voit
La femme des uns
Sous l'corps des autres
Et on commence

A s'inquiéter
On se dit qu'si
C'était la nôtre
Là qui se vautre
On lui f'rait passer
L'goût d'recommencer
Et pour changer d'air
On l'enverrait fair'
Un tour là-haut
Là-haut
Tout là-haut
Là-haut
Et pour s'consoler
Alors on irait
On irait voir
La femme des autres
Et quand elle é-
Cart'rait les bras
On s'dirait, elle
Est comme la nôtre
La femme des autres
On irait chasser
Dans les beaux quartiers
Et dans l'ascenseur
On f'rait l'joli cœur
Et tout là-haut
Là-haut
Tout là-haut
Là-haut
Venue d'Amérique
Y aurait d'la musique

Car pour les pin-up
Il faut les pick-up
Faut pour les soul'ver
Pour les envoyer
Là-haut, là-haut
Là-haut
Tout là-haut
Là-haut
Des disques longue durée
Haute fidélité
Haute fidélité
Haute fidélité
Haute fidélité

Quand t'auras douze belles dans la peau
Deux duchesses et dix dactylos
Qu'est-ce que t'auras de plus sinon
Sinon qu'un peu de plomb

Un peu de plomb dans l'aile
Pas plus dans la cervelle

Quand t'auras claqué ton grisbi
Dans toutes les boîtes à coups de fusil
Tu n'seras jamais rien qu'un pigeon
Avec un peu de plomb

Un peu de plomb dans l'aile
Pas plus dans la cervelle

Quand dans le feu de la passion
Aux échelles des bas nylon
Tu grimperas tu grimperas
Après qu'est-ce que t'auras

T'auras du plomb dans l'aile
Pas plus dans la cervelle

Quand t'auras aimé à tous vents
Et que tes poules n'auront plus de dents
Pour te bouffer le cœur dans la main
Eh ben mon gros malin

T'auras du plomb dans l'aile
Pas plus dans la cervelle

Et quand t'auras passé ta vie
Derrière les barreaux de ton lit

Tu diras qu'tu t'en es payé
Eh oui et puis après

T'auras du plomb dans l'aile
Pas plus dans la cervelle

Mais peut-être bien qu'tu n' feras pas de vieux os
Avec tes douze belles dans la peau
Tu tomberas un jour sur un gars
Un gars qui t'enverra

Du plomb dans la cervelle
Et il t'poussera des ailes

L'amour à la papa
Dis-moi, dis-moi
Dis-moi ça ne m'intéresse pas
Ça fait déjà des mois
Des mois, des mois
Que j'attends autre chos' de toi
Ça fait des mois qu'ça dure
J'me perds en conjectures
Que pourrais-je te dire
Te dir' de lire
L'amour à la papa
A moi, à moi
Ça ne me fait ni chaud ni froid

Je suis le lierre
Tu es la pierre
Je prends racine autour de toi
Mais tu t'écailles
Quand je t'entaille
Tu es de pierre et je deviens de bois

L'amour à la papa
Dis-moi, dis-moi
Dis-moi ça m'intéresse pas
Ça fait déjà des mois
Des mois, des mois
Que j'attends autre chos' de toi
Quatre-vingt-dix à l'ombre
De mon corps et tu sombres
Tu n'es pas une affaire
Tu ne peux faire
Qu' l'amour à la papa
Crois-moi, crois-moi
Y a trente-deux façons de fair' ça

Si d'amertume
Je m'accoutume
Il est fort probable qu'un jour
En ayant marre
C'est à la gare
Que je t'enverrai toi et tes amours

L'amour à la papa
Dis-moi, dis-moi
Dis-moi ça ne m'intéresse pas
Ça fait déjà des mois
Des mois, des mois
Que j'attends autre chos' de toi
A la gare maritime
Tu gagneras mon estime
En prenant la galère

Jusqu'à Cythère
Et là-bas écris-moi
Dis-moi, dis-moi
Si on fait l'amour à la papa

La recette de l'amour fou

Dans un boudoir introduisez un cœur bien tendre
Sur canapé laissez s'asseoir et se détendre
Versez une larme de porto
Et puis mettez-vous au piano
Jouez Chopin
Avec dédain
Égrenez vos accords
Et s'il s'endort
Alors là mettez-le dehors

Le second soir faites revenir ce cœur bien tendre
Faites mijoter trois bons quarts d'heure à vous [attendre
Et s'il n'est pas encore parti
Soyez-en sûr c'est qu'il est cuit
Sans vous trahir
Laissez frémir
Faites attendre encore
Et s'il s'endort
Alors là jetez-le dehors

Le lendemain il ne tient qu'à vous d'être tendre
Tamisez toutes les lumières et sans attendre
Jouez la farce du grand amour
Dites « jamais » dites « toujours »
Et consommez
Sur canapé
Mais après les transports
Ah ! s'il s'endort
Alors là foutez-le dehors

Ce mortel ennui
Qui me vient
Quand je suis avec toi
Ce mortel ennui
Qui me tient
Et me suit pas à pas
Le jour où j'aurai assez d'estomac
Et de toi
Pour te laisser choir
Ce jour-là, oh oui ce jour-là, je crois
Oui je crois
Que
Je
Pourrai voir
Ce mortel ennui
Se tailler
A l'anglaise loin de moi
Bien sûr il n'est rien besoin de dire
A l'horizontale
Mais on ne trouv' plus rien à se dire
A la verticale

Alors pour tuer le temps
Entre l'amour et l'amour
J'prends l'journal et mon stylo
Et je remplis
Et les *a* et les *o*.

Il faudra bien que j'me décide un jour
Mon amour
A me faire la malle
Mais j'ai peur qu'tu n'ailles dans la salle de bains
Tendr' la main
Vers
Le
Gardénal
Comme je n'veux pas d'ennui
Avec ma
Conscience et ton père
J'me laisse faire.

Toi qui as un pied dans la tombe
Fais gaffe où tu poses la main
Si elle glisse si tu tombes
Sur une peau d'vache c'est pas malin

Jeunes femmes et vieux messieurs
Si elles n'ont pas d'amour quelle importance
Jeunes femmes et vieux messieurs
De l'amour ils en ont pour deux

Si t'as plus un cheveu sur la tête
Qu'est-ce que t'as besoin de te frapper
Tu reprendras du poil de la bête
Quand tu iras la décoiffer

Jeunes femmes et vieux messieurs
S'ils n'ont plus de cheveux quelle importance
Jeunes femmes et vieux messieurs
Des cheveux elles en ont pour deux

Toi qui descends la rue Pigalle
A ton régime fais attention
Quand tu vas remonter aux Halles
Le fil de la soupe à l'oignon

Jeunes femmes et vieux messieurs
S'ils sont au régime quelle importance
Jeunes femmes et vieux messieurs
D'l'appétit elles en ont pour deux

Mais avant d'froisser ses dentelles
En la couchant sur le divan
Faudra peut-être bien avec elle
La coucher sur son testament

Jeunes femmes et vieux messieurs
Si elles sont fauchées quelle importance
Jeunes femmes et vieux messieurs
Du pognon ils en ont pour deux

Quand elle te dira qu'elle t'aime
Fais bien attention à ton cœur
Si elle habite au quatrième
Et qu'il y a une panne d'ascenseur

Jeunes femmes et vieux messieurs
A cet âge ça n'a plus d'importance
Jeunes femmes et vieux messieurs
Ils peuvent attendre un jour ou deux

Adieu créature
J'm'en vais dans la nature
Et ne m'en veuille pas
Tu ne seras jamais pour moi
Qu'une jolie créature
Perdue dans la nature
Aimant un peu
Beaucoup trop pas assez ou pas du tout

Je suis là où je n'sais qui
Pour je n'sais quoi
Tu m'as pris pour je n'sais quoi
Pour je n'sais qui
Et moi je n'sais ce qui m'a pris
Ce qui m'a pris
De venir ici

Adieu créature
J'm'en vais dans la nature
Et ne m'en veux pas
Une de ces nuits on s'reverra

Adieu créature
On se reverra
Quelque part
Dans la nature

Comme le chien de monsieur Jean de Nivelle
Tu ne viens jamais à moi quand je t'appelle
Qu'importe le temps
Qu'importe le vent
Mieux vaut ton absence
Que ton inconséquence

Quand par hasard dans mon lit je te rencontre
On ne peut pas dire que tu sois pour ni qu'tu sois [contre
Qu'importe le temps
Qu'importe le vent
Mieux vaut ton absence
Que ton impertinence

Dans tes yeux je vois mes yeux t'en as d'la chance
Ça te donne des lueurs d'intelligence
Qu'importe le temps
Qu'importe le vent
Mieux vaut ton absence
Que ton incohérence

En d'autre occasion je chanterais les transes
De l'amour mais aujourd'hui je m'en balance
Qu'importe le temps
Qu'importe le vent
Mieux vaut ton absence
Que ton indifférence

Le ramier roucoule
Le moineau pépie
Caquette la poule
Jacasse la pie
Le chameau blatère
Et le hibou hue
Râle la panthère
Et craque la grue

L'éléphant barrit
La jument hennit
Hulule la chouette
Bêle la brebis
Le crapaud coasse
Piaule le poulet
Le corbeau croasse
Cajole le geai

Le cerf brame, l'âne
Brait, le lion rugit
Cancane la cane

Le taureau mugit
Le dindon glouglote
Et braille le paon
La caille margotte
Siffle le serpent

Toi,
Sois belle et tais-toi

En relisant ta lettre je m'aperçois que l'orthographe et toi, ça fait deux

C'est toi que j'aime
Ne prend qu'un M
Par-dessus tout
Ne me dis point
Il en manque un
Que tu t'en fous
Je t'en supplie
Point sur le I
Fais-moi confiance
Je suis l'esclave
Sans accent grave
Des apparences
C'est ridicule
C majuscule
C'était si bien
Tout ça m'affecte
Ça c'est correct
Au plus haut point

Si tu renonces
Comme ça s'prononce
A m'écouter
Avec la vie
Comme ça s'écrit
J'en finirai
Pour me garder
Ne prend qu'un D
Tant de rancune
T'as pas de cœur
Y'a pas d'erreur
Là y'en a une
J'en mourirai
N'est pas français
N'comprends-tu pas ?
Ça s'ra ta faute
Là y'en a pas
Moi j'te signale
Que gardénal
Ne prend pas d'E
Mais n'en prends qu'un
Cachet au moins
N'en prends pas deux
Ça t'calmera
Et tu verras
Tout r'tombe à l'eau
L'cafard, les pleurs
Les peines de cœur
O. E dans l'O

... Telle autre quand elle se couche
Est avide de sensations
Vous riez jaune, la fine mouche
Compte les autres au plafond...

J'ai bouffé du hérisson
Oh la la c'est piquant
C'est amer
C'est amer
C'est plus Amer
Que Picon

J'ai peur de ne prendre intérêt à rien du tout
Mais à personne
Je ne m'en irai plaindre même pas à vous
Belle personne
Vous que j'aime que j'aimerai que j'ai aimée
Plus que personne
Vous qui faites l'innocente vous le savez
Mieux que personne

Non jamais je n'aurais dû porter la main sur
Votre personne
Il me fallait me maîtriser, être plus sûr
De ma personne
Pour qui me prenez-vous, mais non je n'en dirai
Rien à personne
Croyez-moi je vous ferai passer pour une ai-
Mable personne
Bien sûr, si je vous dis tout ceci je ne veux
Blesser personne
Ce sont là quelques vérités qui ne font de
Mal à personne

Peut-être aurais-je dû vous les dire à la troi-
Sième personne
Je reconnais que je suis assez maladroit
De ma personne

Jamais plus je n'aimerai comme je t'aimais
Ma belladone
Oui, tu m'as coûté les yeux de la tête, mais
Je te pardonne
Je ne dois et je crois bien n'avoir jamais dû
Rien à personne
Jamais je ne me suis aussi bien entendu
Qu'avec personne

Oh je voudrais tant que tu te souviennes
Cette chanson était la tienne
C'était ta préférée
Je crois
Qu'elle est de Prévert et
Kosma

Avec d'autres bien sûr je m'abandonne
Mais leur chanson est monotone
Et peu à peu je m'in-
Diffère
A cela il n'est rien
A faire

Peut-on jamais savoir par où commence
Et quand finit l'indifférence
Passe l'automne vienne
L'hiver
Et que la chanson de
Prévert

Cette chanson LES FEUILLES MORTES
S'efface de mon souvenir
Et ce jour-là
Mes amours mortes
En auront fini de mourir

Les amours perdues
Ne se retrouvent plus
Et les amants délaissés
Peuvent toujours chercher

Les amours perdues
Ne sont pas loin pourtant
Car les amants délaissés
Ne peuvent oublier

Tous les serments de cœur
Tous les serments d'amour
Tous les serre-moi serre-moi dans tes bras
Mon amour
On s'aimera toujours
Toujours toujours
Toujours toujours
Toujours tou...

Mes amours perdues
Hantent toujours mes nuits

Et dans des bras inconnus
Je retrouverai l'oubli

Toi tu m'aimeras
Je ne te croirai pas
Tout reviendra comme au jour
De mes premières amours

Algues brunes ou rouges
Dessous la vague bougent
Les goémons
Mes amours leur ressemblent
Il n'en reste il me semble
Que goémons
Que des fleurs arrachées
Se mourant comme les
Noirs goémons
Que l'on prend que l'on jette
Comme la mer rejette
Les goémons

Mes blessures revivent
A la danse lascive
Des goémons
Dieu comme elle était belle
Vous souvenez-vous d'elle
Les goémons
Elle avait la langueur
Et le goût et l'odeur

Des goémons
Je pris son innocence
A la sourde cadence
Des goémons

Algues brunes ou rouges
Dessous la vague bougent
Les goémons

J'avoue
J'en ai
Bavé
Pas vous
Mon amour
Avant
D'avoir
Eu vent
De vous
Mon amour

A votre
Avis
Qu'avons-
Nous vu
De l'amour
De vous
A moi
Vous m'a-
Vez eu
Mon amour

Hélas
Avril
En vain
Me voue
A l'amour
J'avais
Envie
De voir
En vous
Cet amour

La vie
Ne vaut
D'être
Vécue
Sans amour
Mais c'est
Vous qui
L'avez
Voulu
Mon amour

Ne vous déplaise
En dansant la Javanaise
Nous nous aimions
Le temps d'une chanson

Dieu que la vie est cruelle
Au musicien des ruelles
Son copain son compagnon
C'est l'accordéon

Qui c'est-y qui l'aide à vivre
A s'asseoir quand il s'enivre
C'est-y vous c'est moi mais non
C'est l'accordéon

Accordez accordez accordez donc
L'aumône à l'accordé l'accordéon

Ils sont comm'cul et chemise
Et quand on les verbalise
Il accompagne au violon
Son accordéon

Il passe une nuit tranquille
Puis au matin il refile

Un peu d'air dans les poumons
De l'accordéon

Quand parfois il lui massacre
Ses petits boutons de nacre
Il en fauche à son veston
Pour l'accordéon

Lui, emprunte ses bretelles
Pour secourir la ficelle
Qui retient ses pantalons
En accordéon

Mais un jour par lassitude
Il laissera la solitude
Se pointer à l'horizon
De l'accordéon

Il en tirera cinquante
Centimes à la brocante
Et on f'ra plus attention
A l'accordéon

Deux fusils quatre pistolets
Et un couteau à cran d'arrêt
S'en vont à Guadalajara
C'est pour un fameux carnaval
Que s'avance cet arsenal
Qui a pour nom Pancho Villa
Tout à l'heure au pied du calvaire
Il dira une courte prière
Puis il reprendra ses jurons
Et son chemin et sa chanson

Quatre fusils dix pistolets
Quinze couteaux à cran d'arrêt
Viennent de Guadalajara
C'est pour un fameux carnaval
Que s'avance cet arsenal
On recherche Pancho Villa
S'ils vont du côté du calvaire
Ils trouv'ront l'révolutionnaire
Ils lui f'ront entendre raison
Ou bien avaler sa chanson

Deux fusils quatre pistolets
Et un couteau à cran d'arrêt
Allaient à Guadalajara
Ce fut un fameux carnaval
Quand on fit sauter l'arsenal
Qui s'appelait Pancho Villa
Il est là au pied du calvaire
Il vient de mordre la poussière
Les vautours ne lui laisseront
Que les os et les éperons

Les cigarillos ont cet avantage d'faire le vide autour
[de moi
J'en apprécie le tabac
Et la prévenance
Les cigarillos n'sont pas comme moi, empreints de
[timidité
Et leur agressivité
Est toute en nuance
Sans vous dire jamais rien qui vous blesse
Ils vous congédient avec tendresse

Les cigarillos me valent bien souvent les adieux
[éplorés
Des femmes de qualité
Et des courtisanes
Les cigarillos savent comme moi que ce n'sont pas
[mes beaux yeux
Qu'elles implorent mais un peu
La fin du havane
Sans attendre que tout se consume
Elles disparaissent dans la brume

Il était une oie
Une petite oie
Qui mettait à son étalage
Les fruits verts de ses seize ans
Et les pépins qu'il y avait dedans
Hélas la boutique était fermée
La semaine le dimanche et les jours fériés

Rencontra les yeux
D'un vilain monsieur
Qui passant devant sa vitrine
Les fruits verts d'ses dix-sept ans
Voulut voir ce qu'il y avait dedans
Hélas la boutique était fermée
La semaine le dimanche et les jours fériés

Un autre essaya
Mais n'arriva pas
Jusqu'à la fermeture éclair
Les fruits verts d'ses dix-huit ans
N'a jamais su ce qu'il y avait dedans

Mais oui la boutique était fermée
La semaine le dimanche et les jours fériés

Mais l'un plein d'audace
Vint briser la glace
A grands coups de son parapluie
Les fruits verts d'ses dix-neuf ans
L'alla voir ce qu'il y avait dedans
Jusque-là c'était resté fermé
La semaine le dimanche et les jours fériés

L'est maintenant une oie
Une petite oie
Qui ne met plus à l'étalage
Les fruits mûrs de ses vingt ans
Avec l'enfant qu'il y a dedans
Car depuis la boutique est fermée
La semaine le dimanche et les jours fériés
Fermée fermée pour cause de décès
De déception

Promenons-nous dans le moi
Pendant qu'le vous n'y est pas
Car si le vous y était
Sûr'ment il nous mangerait

J'ai peur, j'ai peur du grand méchant vous
Ah ! La vilaine bête que ce vous
Mais je ne sais comment j'arriverai à chasser
Pour toujours ce grand méchant vous de mes pensées

Je me suis mis dans la gueule du vous
Ah ! quel enragé que ce vous
Combien de nuits ce grand méchant vous m'a sauté
A la gorge, comme j'allais le caresser

Je ne sais hurler avec le vous
Ah ! quel animal que ce vous
Mais comment savoir dans cette rivalité
Qui de l'homme ou du vous l'emporte en cruauté ?

Écoute ma voix écoute ma prière
Écoute mon cœur qui bat laisse-toi faire
Je t'en prie ne sois pas farouche
Quand me vient l'eau à la bouche

Je te veux confiante je te sens captive
Je te veux docile je te sens craintive
Je t'en prie ne sois pas farouche
Quand me vient l'eau à la bouche

Laisse-toi au gré du courant
Porter dans le lit du torrent
Et dans le mien
Si tu veux bien
Quittons la rive
Partons à la dérive

Je te prendrai doucement et sans contrainte
De quoi as-tu peur allons n'aie nulle crainte
Je t'en prie ne sois pas farouche
Quand me vient l'eau à la bouche

Cette nuit près de moi tu viendras t'étendre
Oui je serai calme je saurai t'attendre
Et pour que tu ne t'effarouches
Vois, je ne prends que ta bouche

Tu n'es qu'un appareil à sou-
Pirs
Un appareil à sou-
Rire
A ce jeu
Je
Ne joue pas
Je n'aime pas

Cet opéra de quatre sou-
Pirs
Cet air que tu as de sou-
Rire
Je ne pou-
Rrai qu'en sou-
Ffrir

On ne gagne que des gros sou-
Pirs
A vouloir tant assou-
Vir

Tout ce je
Ne
Sais quoi d'a-
Nimal en soi

Qui nous fait prendre à tous nos sou-
Pirs
Je te dis ça sans sou-
Rire
Je ne pou-
Rrai qu'en rou-
Gir

Au fond tu n'es pas meilleur ou
Pire
Que ceux qui pour moi sou-
Pirent
Mais ce jeu
Ne
M'émeut pas
Tu n'm'aimes pas

J'y perdrai l'sommeil et le sou-
Rire
Jusqu'à mon dernier sou-
Pir
Et ne pou-
Rrai qu'en mou-
Rir

Je me donne à qui me plaît
Ça n'est jamais le même mais
Quoi que ç'ui qui en a jamais bavé
Me jette le premier pavé

Je n'avais qu'un unique amour
Celui-là m'a joué un sale tour
Je ne m'en porte pas plus bête
Fini Roméo et Juliette

A tous je leur file un rencart
Là-bas à l'angle du hangar
Où j'ai rangé mes poèmes
Mes amours et ma bohème

J'les mets tous dans le même tacot
Et bousculés par l'même cahot
Ils s'y brisent le cœur et les reins
Et moi je trouve ça très bien

Si tu passes un jour dans ma rue
P't'être que j't'en mettrais plein la vue
Mon piano donne sur la cour
T'entendras ma chanson d'amour

Et comme ça rien qu'en passant
Tu seras un peu mon amant
T'auras l'meilleur de moi-même
Car je n'chante que ce que j'aime

Je le chante à qui me plaît
Ça n'est jamais le même mais
Quoi faut avoir vécu sa vie
Non
Je trouve que ça n'est pas si
Quoi ?

Sait-on jamais
Où va une femme
Quand ell' vous quitte
Où elle s'en va
Quand elle s'en va
Qui sait ?

Sait-on jamais
Où va une femme
Quand ell' vous quitte
Moi je le sais toi
Tu es partie à
Jamais

Sait-on jamais
Où va une femme
Quand ell' vous quitte
Tu es mon seul amour
Et c'est je crois pour
La vie

Sait-on jamais
Où va une femme
Quand ell' vous quitte
Qu'importe, là ou
Ailleurs les verrous
Sont mis

Sait-on jamais
Où va une femme
Quand ell' vous quitte
Qui disait cela
C'est c' que tu n'as ja-
Mais su

Sait-on jamais
Où va une femme
Quand ell' vous quitte
Moi je le sais c'est
Au cours d'son procès
Landru

Le rasoir électrique
Couvrait la chanson de Clara
La jolie musique
Qui sortait de cet engin-là
C'était sa faiblesse
Elle aimait ses caresses

Le rasoir électrique
Frôlait la jambe de Clara
Ce bruit métallique
Avait l'don d'me mettre hors de moi
Ce n'était pas drôle
D'garder mon self-control

Le rasoir électrique
Me rendait dingue mais Clara
N'prenait au tragique
Ni mes angoisses ni mes a-
Mours un jour quand même
Je lui ai dit je t'aime

Sous l'rasoir électrique
Tu n'as rien entendu Clara
Tu n'as rien entendu Clara
Tu n'as rien entendu Clara

C'est la saison des pluies
La fin des amours
Assis sous la véranda je regarde pleurer
Cette enfant que j'ai tant aimée
C'est la saison des pluies
L'adieu des amants
Le ciel est de plomb il y a d'l'humidité dans l'air
D'autres larmes en perspective
Le temps était de plus en plus lourd
Et le climat plus hostile
Il fallait bien que vienne enfin
La saison maussade
C'est la saison des pluies
La fin des amours
J'ai quitté la véranda et me suis approché
De celle que j'ai tant aimée
C'est la saison des pluies
L'adieu des amants
Un autre viendra qui d'un baiser effacera
Le rimmel au coin de ses lèvres

Ah baiser la main d'une femme du monde
Et m'écorcher les lèvres à ses diamants
    Et puis dans la Jaguar
    Brûler son léopard
Avec une cigarette anglaise
Et s'envoyer des dry au Gordon et des Pimm's
Number one avant que de filer chez Maxim's
    Grand seigneur
    Dix sacs au chasseur

Faut savoir s'étendre
Sans se répandre
Pauvre Lola
Faut savoir s'étendre
Sans se répandre
C'est délicat

Ne pas la surprendre
Pas l'entreprendre
Pauvre Lola
Ne pas la surprendre
Pas l'entreprendre
De but en bas

Il est des mots tendres
Qu'elle aime entendre
Tendre Lola
Oui quelques mots tendres
Devraient atten-
Drir Lolita

Ce que ça va rendre
Ça va dépendre
Pauvre Lola
Ce que ça va rendre
Ça va dépendre
Un peu de toi

On peut pas te prendre
Tu dois t'en rendre
Compte Lola
On peut pas te prendre
Jusqu'aux calendes
Grecques Lola

Avec Machine
Moi Machin
On s'dit des choses
Des machins
Oh pas grand'chose
Des trucs comm'ça

Entre Machine
Et moi Machin
C'est autre chose
Ces machins
Ça la rend chose
Tout ça

Ce sont des trucs
Qui n's'expliquent pas
Ces jolies choses
Qu'on s'dit tout bas
Machins trucs choses
Machins trucs très chouettes
Ces choses qu'on s'dit Machine et moi

Entre Machine
Et moi Machin
Il s'passe des choses
Des machins
C'est quelque chose
Ces machins-là

Comm' dit Machin,
Comment déjà ?
Heu... Y'a des choses
Qu'on n'dit pas
Ou quelque chose
Comm' ça

Mieux vaut n'penser à rien
Que n'pas penser du tout
Rien c'est déjà
Rien c'est déjà beaucoup
On se souvient de rien
Et puisqu'on oublie tout
Rien c'est bien mieux
Rien c'est bien mieux que tout

Mieux vaut n'penser à rien
Que de penser à vous
Ça n'me vaut rien
Ça n'me vaut rien du tout
Mais comme si de rien
N'était je pense à tous
Ces petits riens
Qui me venaient de vous

Si c'était trois fois rien
Trois fois rien entre nous
Évidemment

Ça ne fait pas beaucoup
Ce sont ces petits riens
Que j'ai mis bout à bout
Ces petits riens
Qui me venaient de vous

Mieux vaut pleurer de rien
Que de rire de tout
Pleurer pour un rien
Rien c'est déjà beaucoup
Mais vous vous n'avez rien
Dans le cœur et j'avoue
Je vous envie
Je vous en veux beaucoup

Ce sont ces petits riens
Qui me venaient de vous
Les voulez-vous ?
Tenez ! Que voulez-vous
Moi je ne veux pour rien
Au monde plus rien de vous
Pour être à vous
Faut être à moitié fou

Black trombone
Monotone
Le trombone
C'est joli
Tourbillonne
Gramophone
Et bâillonne
Mon ennui

Black trombone
Monotone
Autochtone
De la nuit
Dieu pardonne
La mignonne
Qui fredonne
Dans mon lit

Black trombone
Monotone
Elle se donne

A demi
Nue, frissonne
Déraisonne
M'empoisonne
M'envahit

Black trombone
Monotone
C'est l'automne
De ma vie
Plus personne
Ne m'étonne
J'abandonne
C'est fini

Combien j'ai connu
D'inconnues
Toutes de rose dévêtues
Combien de ces fleurs
Qu'on effleure
Et qui s'entrouvrent puis se meurent
Que de larmes et de colliers
Au pied de mon lit ont roulé
Que de comédies
Que d'ennuis
Pour de si frêles pierreries

Amour sans amour
L'amour sans amour
Et sans visage
Sans illusion sans orage

Amour de collège
Comment ai-je
Pu oublier tes sortilèges ?

L'amour au hasard
D'un regard
T'a effacé de ma mémoire
Du jardin que j'ai saccagé
Il ne me reste rien
Je le crains
Que ronces mortes sans parfum

Amour sans amour
Rien n'est plus triste,
Mais qui sans amour
Existe ?

Combien j'ai connu
D'inconnues
Toutes de roses dévêtues

Quand mon 6,35
Me fait les yeux doux
C'est un vertige
Que j'ai souvent
Pour en finir
Pan !
Pan !

C'est une idée qui m'vient
Je ne sais pas d'où
Rien qu'un vertige
J'aimerais tant
Comm' ça pour rire
Pan !
Pan !

Quand mon 6,35
Me fait les yeux doux
C'est un vertige
Que j'ai souvent
J'trouv'ça assez
Ten-
Tant

Je bois
A trop forte dose
Je vois
Des éléphants roses
Des araignées sur le plastron
D'mon smoking
Des chauves-souris au plafond
Du living-
Room

Eh toi
Dis-moi quelque chose
Tu es là
Comme un marbre rose
Aussi glacée que le plastron
D'mon smoking
Aussi pâle que le plafond
Du living-
Room

L'amour
Ne m' dit plus grand'chose

Toujours
Ces éléphants roses
Ces araignées sur le plastron
D'mon smoking
Ces chauves-souris au plafond
Du living-
Room

Eh toi
Dis-moi quelque chose
Tu es là
Comme un marbre rose
Aussi glacée que le plastron
D'mon smoking
Aussi pâle que le plafond
Du living-
Room

Sur ma Remington portative
J'ai écrit ton nom Lætitia
Elaeudanla Teïtéïa

Lætitia les jours qui se suivent
Hélas ne se ressemblent pas
Elaeudanla Téïtéïa

C'est ma douleur que je cultive
En frappant ces huit lettres-là
Elaeudanla Téïtéïa

C'est une fleur bien maladive
Je la touche du bout des doigts
Elaeudanla Téïtéïa

S'il faut aller à la dérive
Je veux bien y aller pour toi
Elaeudanla Téïtéïa

Ma raison en définitive
Se perd dans ces huit lettres-là
Elaeudanla Téïtéïa

Sur ma Remington portative
J'ai écrit ton nom Lætitia
Elaeudanla Téïtéïa

II

FLASH-BACK

Ni les tam-tams des yé-yé-yé-é
Ni les gris-gris que tu portais
Da Doo Ron Ron que tu écoutais
Au bal doum doum où tu dansais

Non rien n'aura raison de moi
J'irai t'chercher ma Lolita
Chez les yé-yé

Sous les tam-tams des yé-yé-yé-é
J'f'rai du ramdam je me connais
Oui à Sing-Sing je finirai
J'ai un coupe-coupe à cran d'arrêt

Non rien n'aura raison de moi
J'irai t'chercher ma Lolita
Chez les yé-yé

Fais un flash-back au temps passé
Est-ce qu't'entends c'que j'te disais
Je suis fou fou fou de t'aimer

Le temps des yoyos
Est désaccordé
J'ai mis mon banjo
Au temps des yé-yé

Le temps des yoyos
C'était l'andante
C'est l'andantino
Le temps des yé-yé

S'il me faut taire
Ma mélancolie
Pourquoi en faire
Une maladie

Le temps des yoyos
Tourne ses feuillets
Voici au verso
Le temps des yé-yé

Au temps des yoyos
Déjà je t'aimais

Je t'aime encore au-
Tant et tu le sais

Le temps des yoyos
Nous aura bercés
Voici au berceau
Le temps des yé-yé

Mais si tout change
Je n'ai pas changé
Et en échange
Je t'ai retrouvée

Du temps des yoyos
Je te reconnais
Viens incognito
Au temps des yé-yé

Dites-moi avez-vous connu Charlie
Le contraire m'eût étonné
Il n'est pas une boîte qu'il n'ait fréquentée
Quel noceur
Requiem pour un twisteur

Dites-moi l'avez-vous connu à jeun
Le contraire m'eût étonné
Il n'est pas un soir qu'il ne fût bourré
Quel farceur
Requiem pour un twisteur

Dites-moi étiez-vous amoureuse de lui
Le contraire m'eût étonné
Il n'est pas une femme qui lui ait résisté
Quel tombeur
Requiem pour un twisteur

Dites-moi tout ça n'pouvait pas durer
Le contraire m'eût étonné

Je crois quant à moi que c'est l'cœur qui a lâché
Quelle horreur
Requiem pour un twisteur

Juke-box
J'suis claqueur de doigts
D'vant les juke-box
Juke-box
Je claque des doigts
D'vant les juke-box

Quand ils s'baladent pas sur toi
Je n'sais qu'faire de mes dix doigts
Alors j'les claque claque claque
Devant le juke-box

J'ai encore pour la machine
D'la mitraille dans mes blue-jeans
Faut que j'la claque
Claque claque claque
Devant le juke-box

Oh Sylvie regarde-moi
Qui est c'type qui t'fait du plat
J'en ai ma claque

Claque claque de ce gars
Si jamais il s'approche du juke-box
J'lui claquerai la gueule
Devant le juke-box

J'ai dans l'œsophage
Un anthropophage
Qu'avait dans l'idée
De m'empoisonner
Il disait p'tite tête
Ôte-toi de là que j'm'y mette
Je me suis résigné
A le bouffer le premier

Sauvage ou pirate
On se tire dans les pattes
Et le moins malin
Peut crever de faim
Soldat ou artiste
On est tous des tristes
Sires et malheur à
Qui manque d'estomac

Dans ma garçonnière
Misère de misère
La femme du voisin

S'fait couler un bain
Quand la mienne s'déhanche
J'ai le cœur qui flanche
D'voir les autres tudieu
La bouffer des yeux

Viendra le jour certes
Ou la gueule ouverte
Comme ça d'but en noir
J'irai me faire voir
J'ferai des orphelines
Et par la racine
J'boufferai les orties
Et les pissenlits

Mambo miam miam
miam miam

Les pensées que je médite
Sont plus noires que l'anthracite
Mais que faire quand tu te fous
Si éperdument de nous
Si à rire je t'incite
C'est que mon humour anthracite
A tourné en dérision
Ton dédain et ma passion
Mais prends garde ma petite
A mon humeur anthracite
J'arracherai animal
Le cri et les fleurs du mal
Fleurs de serre fleurs maudites
A la nuit noir anthracite
Je les prendrai malgré toi
Sous les ronces de tes doigts
Allons viens viens et fais vite
Que ta chaleur anthracite
Vienne réchauffer mon cœur
Et refroidir ma douleur
Tout contre moi tu t'agites

Dans une rage anthracite
Mais qu'importe si tu mords
Je veux ton âme et ton corps
C'est ton regard que j'évite
Car le mien est anthracite
Et je ne veux point que tu voies
Tout l'amour que j'ai pour toi
Je t'aime oh ma belle Aphrodite
A l'âme noir anthracite
Et plus t'aime t'aimerai
Plus me mine minerai

Connais-tu l'histoire qu'm'racontait ma nounou
C'est une belle histoire que j'écoutais sur ses genoux

Si le cœur t'en dit ma jolie
Écoute-moi j'vais te la dire à mi-voix

Il était une fille douce et tendre comme toi
Tout aussi gentille se promenait dans les bois

Et voilà soudain
Qu'en chemin
Elle aperçoit
Le grand méchant loup
Aux abois

Hou hou hou cha cha cha du loup

Tu es encore à l'âge où les filles ont peur de nous
Tu es bien trop sage pour venir sur mes genoux
Mais je t'aime bien

Ne crains rien
Approche-toi
Je ne te mangerai pas

Ne sois pas cruelle viens dans mes bras ma jolie
Viens plus près ma belle et ne tremble pas ainsi

Je ne te ferai aucun mal je ne suis pas
Le grand méchant loup aux abois

Pour leur plaire aux femmes
Dites donc
Dites-moi Madame
Qu'ai-je donc
Perfide ou sincère
C'est selon
Quand faut s'en défaire
C'est coton

Avec une gueule pareille
Nom de nom
Ne me manque aux oreilles
Que des pompons
Et si je marchais à croupetons
J'aurais tout du pauvre Aliboron

Allez sans esclandre
Mes chatons
Allez vous faire pendre
Allez donc

Ailleurs qu'à mon gilet
A quoi bon
Je n'suis pas le gibet
De Montfaucon

Laissez-moi
Laissez-moi tranquille
Laissez-moi
Laissez-moi tranquille

Judith que veux-tu de moi
Que veux-tu
Judith je n'aime que toi
Le sais-tu

Hier tu m'embrasses
Demain tu te lasses
Judith dis-le-moi
Que veux-tu

Hier tu m'embrasses
Demain tu te lasses
Que veux-tu de moi
Que veux-tu

En pleurer en rire
Je ne saurais le dire
Toi qui te joues de moi
Que ne le dis-tu pas

En pleurer c'est de rage
En rire c'est dommage
Je ne sais plus que faire
Entre le ciel et l'enfer

Judith c'est plus fort que moi
Que veux-tu
Judith je n'aime que toi
Le sais-tu

Mais si de guerre lasse
Un jour je me lasse
Judith ce jour-là
Je te tue

Les regrets fillette
Du pauvre poète
Se valsent musette
Dans les caboulots
Se valse musette
Le pauvre poète
Pour les gigolettes
Et les gigolos

Dieu que je regrette
Mes larmes fillette
Ce vin malhonnête
Qui monte au cerveau
Y'a belle lurette
Que je n'ai plus cette
Fameuse piquette
Derrière mes fagots

Le pâle squelette
De mes amourettes
Joue des castagnettes

Comme un hidalgo
La nuit est longuette
Du pauvre poète
Voyez mes poulettes
Il a les grelots

Dans chaque guinguette
J'ai cherché Juliette
Je n'ai je regrette
Que trouvé Margot
De ces amourettes
Que l'on pickpoquette
Sous sa chemisette
J'en ai plein le dos

S'il faut à perpette
Qu'à l'aube on regrette
Vaut mieux qu'on s'arrête
Mes petits oiseaux
Venez mignonnettes
Dans mes oubliettes
Que je vous y mette
Au pain et à l'eau

Je suis une poupée de cire
Une poupée de son
Mon cœur est gravé dans mes chansons
Poupée de cire poupée de son

Suis-je meilleure suis-je pire
Qu'une poupée de salon
Je vois la vie en rose bonbon
Poupée de cire poupée de son

Mes disques sont un miroir
Dans lequel chacun peut me voir
Je suis partout à la fois
Brisée en mille éclats de voix

Autour de moi j'entends rire
Les poupées de chiffon
Celles qui dansent sur mes chansons
Poupée de cire poupée de son

Elles se laissent séduire
Pour un oui pour un nom
L'amour n'est pas que dans les chansons
Poupée de cire poupée de son

Seule parfois je soupire
Je me dis à quoi bon
Chanter ainsi l'amour sans raison
Sans rien connaître des garçons

Je ne suis qu'une poupée de cire
Qu'une poupée de son

Dans cette vallée de larmes qu'est la vie
Viens avec moi par les sentiers interdits
A ceux-là qui nous appellent à tort ou à raison
Vilaines filles, mauvais garçons

Au fond de cette vallée coule un torrent
Il est l'image même de nos vingt ans
C'est à lui que nous devons cet air et ces façons
D'vilaines filles, d'mauvais garçons

Il n'est pas âme qui vive
Qui me plaise autant que toi
Si tu étais plus naïve
Je t'apprendrais tout ce que tu sais déjà

Les enfants du siècle sont tous un peu fous
Mais le cliquetis de l'appareil à sous
Couvrira cette voix qui dira à tort ou à raison
Vilaines filles, mauvais garçons

Demain quand la lune se couchera
N'existera au monde que toi et moi
Plus personne pour nous dire à tort ou à raison
Vilaines filles, mauvais garçons

Et les yeux dans les yeux tendrement nous nous dirons
Vilaines filles, mauvais garçons

Toutes les femmes sont jolies
Enfin plus ou moins jolies jolies
Yes Sir yes Sir
Mais comment trouvez-vous ma sœur

Celle-ci bien sûr est charmante
Celle-là est ravissante
Yes Sir yes Sir
Mais comment trouvez-vous ma sœur

N'est-elle pas à la hauteur
Pour qui cherche un souffre-douceurs
Toutes les femmes sont à prendre
Enfin y'en a qui peuvent attendre
Yes Sir yes Sir
Mais comment trouvez-vous ma sœur

De toutes les chansons celles
Que tu retiens
Ne sont rien qu'amours cruelles
Sans lendemain
C'est la raison pour laquelle
Tu n'aimes rien
Rien que ce qui me rappelle
Tous ces refrains

N'écoute pas les idoles
Écoute-moi
Car moi seule je suis folle
Folle de toi

Ces chansons que tu fredonnes
Comment veux-tu
Que je les aime personne
N'a jamais pu
Me faire croire que l'on se donne
A cœur perdu

Pour se quitter à l'automne
Bien entendu

J'ai peur et je te résiste
Tu sais pourquoi
Je sais bien ce que je risque
Seule avec toi
Pourtant j'irai chez toi puisque
C'est comme ça
Rien que pour casser tes disques
Tu ne pourras

Plus écouter les idoles
Ça t'apprendra
Que moi seule je suis folle
Folle de toi

C'que tu peux être belle
Quand tu t'y mets
Tu t'y mets pas souvent
Mais quand tu t'y mets
Tu peux pas savoir

C'que tu peux être garce
Quand tu t'y mets
Tu t'y mets pas souvent
Pourtant quand tu t'y mets
Tu peux pas savoir

C'que tu peux faire mal
Quand tu t'y mets
Tu t'y mets pas souvent
Pourtant quand tu t'y mets
Tu peux pas savoir

C'que tu es dans mes bras
Quand tu t'y mets
Tu t'y mets pas souvent

Pourtant quand tu t'y mets
Tu peux pas savoir

C'qu'était notre amour
Quand on s'aimait
Y'a pas si longtemps
Pourtant que l'on s'aimait
Tu dois plus savoir

J'avais en ma possession un talkie-walkie
Made in Japan
Il ne m'en reste à présent qu'un grain de folie
Un point c'est tout
J'avais donné le même appareil à celle que j'aimais
On s'appelait pour un oui pour un non
Qu'elle soit dans sa chambre ou bien
Dans la cour de son lycée
J'l'avais n'importe quand n'importe où
Quand j'entendais sa voix dans le talkie-walkie
J'étais heureux
Jusqu'au jour où elle l'oublia près de son lit
Voici comment
J'étais seul avec moi
Quand je décidai de l'appeler
J'ai tout de suite compris ma douleur
Je ne souhaite à personne de vivre un moment pareil
En deux mots voilà ce qui s'est passé
J'entendis des soupirs dans le talkie-walkie
Des mots d'amour
Et puis son prénom que murmurait dans la nuit

Un inconnu
De ce jour tous les plombs de mon pauvre compteur
Ont sauté
Mais je la vois dans mon obscurité
Je vois ses grands yeux beiges
Ses deux grands yeux couleur du temps
D'où la neige tombait de temps en temps

J'avais en ma possession un talkie-walkie
Made in Japan
Il ne m'en reste à présent qu'un grain de folie
Un point c'est tout

Joanna est aussi grosse qu'un éléphant
C'est la plus grosse de toute La Nouvelle-Orléans
Et pourtant
Joanna Joanna tu sais danser léger léger

Joanna est bien de la Louisiane
Quand elle suit un régime c'est un régime de bananes
Et pourtant
Joanna Joanna tu sais danser léger léger

Elle danse léger léger
Elle saute léger léger
Elle tourne léger léger
Elle s'envoie léger léger

Joanna a un faible pour les tabourets
Elle en consomme deux ou trois dans la soirée
Et pourtant
Joanna Joanna tu sais danser
Léger léger

No no thank's no
Je n'fume qu'la marijuana
No no thank's no
A quoi bon insister

No no thank's no
Ma dernière cigarette
No no thank's no
Est déjà refroidie

No no thank's no
J n'aime que le bourbon
No no thank's no
C'est une affaire de goût

No no thank's no
Mon dernier verre je l'ai vidé
No no thank's no
Avec Rosemary

No no thank's no
Pour moi pas de prières
No no thank's no
Dieu m'a abandonné

No no thank's no
Je serai pleuré demain
No no thank's no
Par mes frères de Harlem

Où est ma petite amie
Elle est dans mon Rolleiflex
Je la regarde perplexe
Dois-je le foutre aux orties

Où est ma petite amie
Elle est dans mon Rolleiflex
C'était mon premier réflexe
J'aime la photographie

Je revois la p'tite chérie
Posant pour mon Rolleiflex
Un p'tit machin en lastex
Lui donnait un peu d'esprit

Où est ma petite amie
Elle est dans mon Rolleiflex
J'y ai filé des complexes
Elle a filé cette nuit

Où est ma petite amie
Elle est dans mon Rolleiflex
Faut connaître le contexte
Le pourquoi et le pour qui

Les sambassadeurs sont venus en dansant
Armés de tubas jusqu'aux dents

Y'a pas l'feu pour s'faire casser la gueule
Y'a pas l'feu quand le ciel est bleu
Mieux vaut danser s'amuser
S'amuser

Parce qu'il avait cette fille dans la peau
Et pour ne pas l'oublier
Il se l'était fait tatouer
Tatouer
Juste à la place du cœur
Il s'est tatoué un cœur
Jérémie
Tout l'monde en cœur
    Tatouer un cœur
    Tatoué Jérémie
On peut lire à l'intérieur
De même sur les avant-bras
De même où ça n'se voit pas
Jérémie
Encore une fois
    Où ça n'se voit pas
    Tatoué Jérémie
C'est-à-dire un peu plus bas
Malheur de malheur maintenant qu'il n'l'aime plus
Comment faire pour effacer
Ce qu'il a fait tatouer

Tatouer
Faudrait arracher ce cœur
Qu'est tatoué sur son cœur
Jérémie
Tout l'monde en cœur
    Arracher ce cœur
    Tatoué Jérémie
Avec c'qu'il a à l'intérieur
De même pour les avant-bras
Surtout où ça n'se voit pas
Jérémie
Encore une fois
    Où ça n'se voit pas
    Tatoué Jérémie
C'est-à-dire un peu plus bas
Jérémie

Écoute
Le gars qui jazzote
T'entends
Ah comme il saxote
Il est
Camé à zéro
Coco and co

Un de
Ses compatriotes
Au pia-
No ç'ui qui pianote
Comme
Lui c'est la coco
Coco and co

A la
Basse
Ç'ui qui croqu'note
C'est l'é-
Ther lui qui lui botte

T'as pas
Vu il est K.-O.
Coco and co

Aux drums
Ç'ui-là qui tapote
C'est un
Crack c'est un pote
Lui c'est
La fleur de pavot
Coco and co

Ç'ui qui
Joue pas qui sirote
C'est un
Des gars du Blue Note
Mais lui
Ça s'rait plutôt la
Marijuana

Y'en a
Marabout
Y'en a marre
Marabout
Bout d'ficelle
C'est la vie
Vie de chien
Chien de temps
Tant qu'à faire
Faire les cons
Qu'on se marre
Marabout

Y'en a
Marabout
Y'en a marre
Marabout
Bout d'ficelle
C'est la vie
Vie de chien
Chien de temps

T'en fais pas
Pamela

Y'en a
Marabout
Y'en a marre
Marabout
Bout d'ficelle
C'est l'amour
Amour tendre
Entre nous
N'oublie pas
Pamela

Là-bas c'est naturel
Là-bas au Ke-
Nya
Pour tous les naturels
C'est O.K.
Chacune
Est en deux pièces moins une
Chacun dans ce noir paradis
En monokini

Si nous allons un jour
Là-bas au Ke-
Nya
Je te dirai alors
C'est O.K.
Aucune
Pudeur aucun souci
Tu te cacheras si tu veux
Derrière tes cheveux

Mais si nous n'allons pas
Là-bas au Ke-
Nya
Je te dirai quand même
C'est O.K.
Rien qu'une
Petite pièce moins l'autre
Et pour l'amour en moins de deux
En deux pièces moins deux

Ouais je t'emmènerai
Sur le Scenic railway
Si c'est ce que tu veux
C'est facile

Ouais je t'emmènerai
Sur le Scenic railway
On verra ça demain
C'est promis

Mais ne te sens-tu pas
Quelque peu inconsciente
Tout ce qu'aimer veut dire
Le sauras-tu un jour

Ouais je t'emmènerai
Sur le Scenic railway
Tu n'as que ça en tête
C'est terrible

Ouais je t'emmènerai
Sur le Scenic railway
Mais ces émotions-là
C'est facile

Ouais je t'emmènerai
Sur le Scenic railway
Et cesse de bouder
C'est d'accord

Je t'y verrai ainsi
Que je te veux cruelle
Agrippée à mon bras
Par tes ongles blessé

Ouais je vais te sembler
Un peu cynique ouais ouais
Y'a pas que les machines
Pour s'envoyer en l'air

Si t'attends
Qu'les diamants
T'sautent au cou
Tu pourras bien y laisser ta vie
Après n'avoir versé
Chaque nuit
Que des perles de mélancolie

Les sanglots
Ça ne vaut
Pas un clou
A la vitrine des bijout'ries
Tes jolies larmes c'est
Bien gentil
Mais ces rivièr's-là n'ont pas de prix

Rien ne vaut
Un homme au-
Tour du cou
Du moins pour se passer ses envies

Regarde derrièr' toi
        Ma chérie
Ce sont tes vingt carats qui s'enfuient

        Si tu n'as
        Que ça à
        Mettre au clou
Dépêch' toi tant qu't'es encor' jolie
Aux yeux de tous les
        Vieux débris
Ta jeunesse ça n'a pas de prix

A celle qui louche
Je dis
« Je trouve ta bouche
Jolie »
Si elle bégaye
Eh bien
Moi je fais pareil et
C'est bien
Lorsqu'elle zozote
Je dis
« Toi tu n'es pas sotte
Et puis
S'il te manque une dent
De lait
Ça te donne l'accent
Anglais »

De longs regards
Sur qui me tente
Tous les beaux-arts
En dilettante

La vie est du-
Re à la détente
J'ai mes fourru-
Res chez ma tante

Service armé
Non tu plaisantes
J' suis réformé
Ma lieutenante

Dieu que les ho-
Mmes sont méchantes
J'aime aimer co-
Mme ça me chante

Une négresse
Qui buvait du lait
Ah se disait-elle
Si je le pouvais
Tremper ma figure
Dans mon bol de lait
Je serais plus blanche
Que tous les Anglais

Un Britannique
D'vant son chocolat
Ah se disait-il
Et pourquoi ne pas
Tremper ma figure
Dans mon chocolat
Je serais aussi
Noir qu'un bamboula

Une intellectuelle
Qui buvait du thé
Ah se disait-elle

Si je le pouvais
Tremper ma figure
Dans ma tasse de thé
Je serais plus jaune
Qu'les filles de Yang-Sé

Un Américain
Qui buvait du sang
Ah se disait-il
Si j'avais le temps
D'tremper ma figure
Dans mon bol de sang
Je serais plus rouge
Qu'un Mohican

J'aime ta couleur café
Tes cheveux café
Ta gorge café
J'aime quand pour moi tu danses
Alors j'entends murmurer
Tous tes bracelets
Jolis bracelets
A tes pieds ils se balancent

C'est quand même fou l'effet
L'effet que ça fait
De te voir rouler
Ainsi des yeux et des hanches
Si tu fais comme le café
Rien qu'à m'énerver
Rien qu'à m'exciter
Ce soir la nuit sera blanche

L'amour sans philosopher
C'est comme le café
Très vite passé

Mais que veux-tu que j'y fasse
On en a marre de café
Et c'est terminé
Pour tout oublier
On attend que ça se tasse

Couleur café
Que j'aime ta couleur café

Laissez parler
Les p'tits papiers
A l'occasion
Papier chiffon
Puissent-ils un soir
Papier buvard
Vous consoler

Laissez brûler
Les p'tits papiers
Papier de riz
Ou d'Arménie
Qu'un soir ils puissent
Papier maïs
Vous réchauffer

Un peu d'amour
Papier velours
Et d'esthétique
Papier musique
C'est du chagrin

Papier dessin
Avant longtemps

Laissez glisser
Papier glacé
Les sentiments
Papier collant
Ça impressionne
Papier carbone
Mais c'est du vent

Machin Machine
Papier machine
Faut pas s'leurrer
Papier doré
Celui qu'y touche
Papier tue-mouches
Est moitié fou

C'est pas brillant
Papier d'argent
C'est pas donné
Papier monnaie
Ou l'on en meurt
Papier à fleurs
Ou l'on s'en fout

Laissez parler
Les p'tits papiers
A l'occasion
Papier chiffon
Puissent-ils un soir

Papier buvard
Vous consoler

Laissez brûler
Les p'tits papiers
Papier de riz
Ou d'Arménie
Qu'un soir ils puissent
Papier maïs
Vous réchauffer

Dans mon agenda
Quand j'en pique un
Un petit boudin
Je l'mets sous mon bras
Jusqu'au matin
Ce petit boudin

C'est bon pour c'que j'ai
Ça me fait du bien
Les petits boudins
C'est facile et ça
N'engage à rien
Les petits boudins

Au départ c'est rien
Qu'une petit' gourde
Un petit boudin
Il suffit d'un rien
Et ça devient
Un petit boudin

Ça n'sait pas dire non
C'est ça qu'j'aime bien
Chez les p'tits boudins
Ça n'pose pas d'question
Ça n'mange pas d'pain
Les petits boudins

Hier
Tu avais les yeux verts
Ce soir
Tu as les yeux noirs
Cette nuit
Tu les auras gris
Et dans un jour ou deux
Tout bleus
Mais toujours aussi amoureuse
Demeure la cavaleuse

Hier
A un goût amer
Avant-
Hier un avant-
Goût de
Ce qu'était hier
Et certains jours n'en ont
Aucun
Car toujours aussi malheureuse
Demeure la cavaleuse

Hier
Se joue au poker
Hélas
Aux échecs aussi
Au jeu
Du hasard l'enjeu
C'est encore et toujours
L'amour
Et toujours aussi hasardeuse
Demeure la cavaleuse

Ce soir
C'est à la guitare
Que tout
Se joue contre joue
Faut ou-
Blier de compter
Ses mille et une nuits
D'ennui
C'est ainsi toute langoureuse
Que se meurt la cavaleuse

Les étoiles sont des éclats de grenade
Qu'un jour en embuscade
Un desesperado
D'un geste de tendresse
Vers la voûte céleste
Jeta au ciel là-haut

Desesperado ta mauvaise étoile
Brille au firmament
Dans la nuit des temps
Desesperado parfois les nuages
Ont l'odeur de poudre la couleur du sang

Serrant dans ses dents l'anneau de sa grenade
voici que par bravade
Le desesperado
Prenant la nuit pour cible
Le ciel entier se crible
Du geste du héros

Les étoiles sont des éclats de grenade
Qu'un jour en embuscade
Un desesperado
Dans un geste sublime
Rejeta vers les cimes
Comme un oiseau de feu

Plus dur sera le chut

Tel un dieu de Liverpool
Il s'est mis autour du cou l'
Fil du micro baladeur
Et s'étrangle dans les affres
Du Rock and roll
Ses cris affreux
Font vibrer les haut-parleurs
Il donne agitant le manche
De sa guitare sur sa hanche
Des coups de saturateurs
Il est Brian Jones et Ringo
Mick Jagger Otis Redding
Aux yeux des supporters

Tout à l'heure elles vont peut-être
Faire péter l'applaudimètre
Et dans son for intérieur
Emporté par la violence
Des cris et la fulgurance
Du flash des reporters
Il se plonge dans l'abîme

De l'orgueil il est sublime
Il est vraiment le meilleur
Et c'est sans aucun problème, pour lui
Cela va durer toujours
Mais c'est une erreur

Toutes voudraient se le faire
Avec sa voix du tonnerre
Mais c'est grâce à l'ingénieur
Du son qui dans la coulisse
Pousse à fond sur le 110
L'amplificateur

Dis-moi Marilu
Veux-tu Marilu
Répondre à cette question ?
Si tu n'veux pas tu dis non
Je ne t'en voudrai pas
Je sais Marilu
Qu'avec Marilu
Il n'faut pas trop insister
Sinon elle va se fâcher
Et ça je ne veux pas
As-tu déjà aimé Marilu ?
Aurais-tu essayé Marilu ?
Serais-je le premier Marilu ?
Réponds-moi Marilu

Dis-moi Marilu
Je vais Marilu
Te répéter ma question
Tu ne fais pas attention
Ça ne m'étonne pas
Je sais Marilu

Qu'avec Marilu
Il faut se montrer patient
C'est une petite enfant
Qui ne m'écoute pas
As-tu déjà aimé Marilu ?
Aurais-tu essayé Marilu ?
Serais-je le premier Marilu ?
Réponds-moi Marilu

Dis-moi Marilu
Pourquoi Marilu
Baisses-tu les yeux ainsi ?
Toi qui les as si jolis
Allons regarde-moi
Je sais Marilu
Qu'avec Marilu
D'autres garçons ont dansé
Mais qu'as-tu donc à pleurer ?
Ainsi c'était donc ça !
Tu as déjà aimé Marilu
Tu as donc essayé Marilu
Je serai le dernier Marilu
Ça n'fait rien Marilu
Non ça n'fait rien Marilu

Annie aime les sucettes
Les sucettes à l'anis
Les sucettes à l'anis
D'Annie
Donn'nt à ses baisers
Un goût ani-
Sé lorsque le sucre d'orge
Parfumé à l'anis
Coule dans la gorge d'Annie
Elle est au paradis

Pour quelque penny
Annie
A ses sucettes à
L'anis
Elles ont la couleur de ses grands yeux
La couleur des jours heureux
Annie aime les sucettes
Les sucettes a l'anis
Les sucettes à l'anis
D'Annie

Donn'nt à ses baisers
Un goût ani-
Sé lorsqu'elle n'a sur la langue
Que le petit bâton
Elle prend ses jambes à son corps
Elle retourne au drugstore

Annie aime les sucettes
Les sucettes à l'anis
Les sucettes à l'anis
D'Annie
Donn'nt à ses baisers
Un goût ani-
Sé lorsque le sucre d'orge
Parfumé à l'anis
Coule dans la gorge d'Annie
Elle est au paradis

Anna flash back

Gainsbourg : Qu'est-ce autre chose que la vie des sens
Qu'un mouvement alternatif
Qui va de l'appétit au dégoût
Et du dégoût à l'appétit
De l'appétit au dégoût
Et du dégoût à l'appétit
Brialy : J'm'en fous !
Gainsbourg : Ta gueule, laisse-moi finir !
L'âme flottante toujours incertaine
Entre l'ardeur qui se renouvelle,
L'ardeur qui se renouvelle
Et l'ardeur qui se ralentit.
Brialy : Ah, j'm'en fous !
Gainsbourg : Mais dans ce mouvement perpétuel,
De l'appétit au dégoût
Et du dégoût à l'appétit,
On ne laisse pas de se divertir
Par l'image d'une liberté errante.
... Tu sais de qui c'est ?
Brialy : Non.
Gainsbourg : Bossuet.

Brialy : Bravo. C'est une oraison funèbre ?

Gainsbourg : Ah non. Parce que moi je suis assez cynique
Pour en faire ma ligne de conduite.

III

Initials B.B.

Une nuit que j'étais
A me morfondre
Dans quelque pub anglais
Du cœur de Londres
Parcourant l'Amour Mon-
Stre de Pauwels
Me vint une vision
Dans l'eau de Seltz

Tandis que des médailles
D'impérator
Font briller à sa taille
Le bronze et l'or
Le platine lui grave
D'un cercle froid
La marque des esclaves
A chaque doigt

Jusques en haut des cuisses
Elle est bottée
Et c'est comme un calice

A sa beauté
Elle ne porte rien
D'autre qu'un peu
D'essence de Guerlain
Dans les cheveux

A chaque mouvement
On entendait
Les clochettes d'argent
De ses poignets
Agitant ses grelots
Elle avança
Et prononça ce mot :
Alméria

— Hello Docteur Jekyll !
— Non je n'suis pas le Docteur Jekyll
— Hello Docteur Jekyll !
— Mon nom est Hyde, Mister Hyde
Docteur Jekyll il avait en lui
Un Monsieur Hyde qui était son mauvais génie
Mister Hyde ne disait rien
Mais en secret n'en pensait pas moins
— Hello Docteur Jekyll !
— Je vous dis que je n'suis pas le Docteur Jekyll
— Hello Docteur Jekyll !
— Que mon nom est Hyde, Mister Hyde
Docteur Jekyll n'a eu dans sa vie
Que de petites garces qui se foutaient de lui
Mister Hyde dans son cœur
Prenait des notes pour le docteur.
— Hello Docteur Jekyll !
— Il n'y a plus de Docteur Jekyll
— Hello Docteur Jekyll !
— Mon nom est Hyde, Mister Hyde
Docteur Jekyll un jour a compris

Que c'est ce Monsieur Hyde qu'on aimait en lui
Mister Hyde ce salaud
A fait la peau du Docteur Jekyll
— Docteur Jekyll, Docteur Jekyll...

Jusqu'à neuf c'est O.K. tu es « IN »
Après quoi tu es K.-O. tu es « OUT »
C'est idem
Pour la boxe
Le ciné la mode et le cash-box

Moitié bouillon ensuit'moitié gIN
Gemini carbur' pas au mazOUT
C'est extrêm-
Ement pop
Si tu es à jeun tu tomb's en syncop'

Tu aimes la nitroglycérIN
C'est au Bus Palladium qu'ça s'écOUT
Rue Fontaine
Il y a foul'
Pour les petits gars de Liverpool

Barbarella garde tes bottIN's
Et viens me dire une fois pour tOUT's
Que tu m'aimes
Ou sinon
Je te renvoie à ta science-fiction

J'ai acheté pour Anna
Un gadget fantastique
Un animal en peluche
Qui lui fait les yeux doux
Quand elle tire
SHU BA DU BA LOO BA
La ficelle
SHU BA DU BA LOO BA
Il lui répond :
SHU BA DU BA LOO BA
Ça me rend fou

Maintenant avec Anna
Nous n'sommes plus jamais seuls
Il est là sur l'oreiller
Qui lui fait les yeux doux
Lorsqu'elle tire
SHU BA DU BA LOO BA
La ficelle
SHU BA DU BA LOO BA
Ça continue

SHU BA DU BA LOO BA
Il me rend fou

Peut-être qu'un jour Anna
En aura marre de lui
Alors je serai le seul
A lui faire les yeux doux
Comment lui dire
SHU BA DU BA LOO BA
Que je l'aime
SHU BA DU BA LOO BA
Lorsque j'entends
SHU BA DU BA LOO BA
Ça me rend fou

Viens petite fille dans mon comic strip
Viens faire des bull's, viens faire des WIP!
Des CLIP! CRAP! des BANG! des VLOP! et des ZIP!
SHEBAM! POW! BLOP! WIZZ!
J'distribue les swings et les uppercuts
Ça fait VLAM! ça fait SPLATCH! et ça fait CHTUCK!
Ou bien, BOMP! ou HUMPF! parfois même PFFF!
SHEBAM! POW! BLOP! WIZZ!

Viens petite fill' dans mon comic strip
Viens faire des bull's, viens faire des WIP!
Des CLIP! CRAP! des BANG! des VLOP! et des ZIP!
SHEBAM! POW! BLOP! WIZZ!
Viens avec moi par-dessus les buildings
Ça fait WHIN! quand on s'envole et puis KLING!
Après quoi je fais TILT! et ça fait BOING!
SHEBAM! POW! BLOP! WIZZ!

Viens petite fill' dans mon comic strip
Viens faire des bull's viens faire des WIP!
Des CLIP! CRAP! des BANG! des VLOP! et des ZIP!

SHEBAM! POW! BLOP! WIZZ!
N'aie pas peur bébé agrippe-toi CHRACK!
Je suis là CRASH! pour te protéger TCHLACK!
Ferme les yeux CRACK! embrasse-moi SMACK!
SHEBAM! POW! BLOP! WIZZZZZ!

Je suis né
Dans les chantiers japonais
En vérité j'appartiens
Aux Américains
Une filiale
D'une compagnie navale
Dont j'ai oublié l'adresse
A Los Angeles

Aux Bermudes
A trente degrés de latitude
Se tient la Barracuda
Tankers Corporation
Son patron
M'a donné en location
A l'Union Oil Company
De Californie

Si je bats
Pavillon du Liberia
Le cap'tain et les marins

Sont tous italiens
Le mazout
Dont on m'a rempli les soutes
C'est celui du Consortium
British Petroleum

Cent vingt mille tonnes de pétrole brut
Cent vingt mille tonnes
Dans le Torrey Canyon

Chatterton suicidé
Hannibal suicidé
Démosthène suicidé
Nietzsche fou à lier
Quant à moi...

Chatterton suicidé
Cléopâtre suicidée
Isocrate suicidé
Goya fou à lier
Quant à moi...

Chatterton suicidé
Marc-Antoine suicidé
Van Gogh suicidé
Schumann fou à lier
Quant à moi...

Quant à moi
Ça ne va plus très bien

Je suis venu pour te voler
Cent millions de baisers
Cent millions de baisers
En petit's brûlures
En petit's morsures
En petit's coupures

Si tu ne veux pas m'les donner
J's'rai forcé d't'attacher
Et ça t'f'ra aux poignets
Des petit's brûlures
Des petit's morsures
Des petit's coupures

Maintenant que j'ai tes baisers
Il m'rest' plus qu'à m'tailler
Et toi à oublier
Tes petit's brûlures
Tes petit's morsures
Tes petit's coupures

Vous avez lu l'histoire de Jesse James,
Comment il vécut, comment il est mort ?
Ça vous a plu, hein ! Vous en d'mandez encore
Eh bien, écoutez l'histoire de BONNIE AND CLYDE

Alors voilà, Clyde a une petite amie,
Elle est belle, et son prénom c'est Bonnie.
A eux deux ils forment le gang Barrow ;
Leurs noms : Bonnie Parker et Clyde Barrow

— Moi, lorsque j'ai connu Clyde autrefois
C'était un gars loyal, honnête et droit.
— Il faut croire que c'est la Société
Qui m'a définitivement abîmé.

Qu'est-c' qu'on a écrit sur elle et moi !
On prétend que nous tuons de sang-froid.
C'est pas drôl', mais on est bien obligé
De fair' tair' celui qui s'met à gueuler

Chaqu' fois qu'un policeman se fait buter,
Qu'un garage ou qu'un' banqu' se fait braquer,
Pour la police, ça ne fait pas d'mystère,
C'est signé Clyde Barrow, Bonnie Parker

Maint'nant, chaqu' fois qu'on essaie d'se ranger,
De s'installer tranquilles dans un meublé,
Dans les trois jours, voilà le tac tac tac
Des mitraillett's qui revienn'nt à l'attaqu'

Un de ces quatr', nous tomberons ensemble,
Moi, j'm'en fous, c'est pour Bonnie que je tremble.
— Quelle importance qu'ils me fassent la peau
Moi, Bonnie, je tremble pour Clyde Barrow.

D' tout' façon, ils n' pouvaient plus s'en sortir,
La seule solution, c'était mourir
Mais plus d'un les a suivis en enfer
Quand sont morts Barrow et Bonnie Parker.

Aimer toujours le même homme
C'est des histoires à la gomme
L'amour mon vieux c'est tout comme
Du bubble bubble gum

Tu bâilles et tu t'étires comme
Tu éclates de rire comme
Tu es rose pâle comme
Mon bubble bubble gum

Entre mes bras tu étais comme
Tu étais tendre et sucré comme
Tu as perdu ta saveur comme
Mon bubble bubble gum

On s'fait des langu's
En Ford Mustang
Et bang!
On embrasse les platanes
Mus à gauche
Tang à droite
Et à gauche à droite...

Un essuie-glace
Un paquet d'Cool
Un badge
Avec inscrit d'ssus
Keep Cool!
Une barre de
Chocolat
Un Coca-Cola

On s'fait des langu's
En Ford Mustang
Et bang!

On embrasse les platanes
Mus à gauche
Tang à droite
Et à gauche à droite...

Une bouteille
De Fluid make-up
Un flash
Un Browning
Et un pick-up
Un recueil
D'Edgar Poe
Un briquet Zippo

On s'fait des langu's
En Ford Mustang
Et bang !
On embrasse les platanes
Mus à gauche
Tang à droite
Et à gauche à droite...

Un numéro
de Superman
Un écrou de chez
Paco Rabanne
Une photo
D'Marilyn
Un tube d'aspirine

On s'fait des langu's
En Ford Mustang

Et bang !
On embrasse les platanes
Mus à gauche
Tang à droite...

Le cœur de Bloody Jack
Ne bat qu'un coup sur quatre
Mais sous ses baisers doux
Le mien bat comme un fou

Dans le noir je les écoute battre
Je compare nos deux battements
Et tandis que mon cœur en a quatre
Bloody Jack en a un seulement

Cœur contre cœur le cœur bat plus vite
Comme sous l'emprise de la peur
Mais tandis qu'en moi le mien s'agite
C'est à peine si j'entends son cœur

A côté du sien mon cœur me semble
Avoir plus d'angoisse et de ferveur
Les entendrai-je un jour battre ensemble
Bloody Jack a-t-il vraiment un cœur

Les quelques sous que tu vas gagner
Faudra pour ça dur'ment travailler
Te lever aux aurores
Automne comme été

Tu auras beau économiser
Tu n'pourras rien mettre de côté
Et là-dessus encore
Heureuse si tu peux aller danser

Sur l'amour tu te fais des idées
Un jour ou l'autre c'est obligé
Tu s'ras une pauvre gosse
Seule et abandonnée

Tu finiras par te marier
Peut-être même contre ton gré
A la nuit de tes noces
Il sera trop tard pour le regretter

Tu ne peux ignorer les dangers
Que représentent les libertés
Les menaces de guerre
Semblent se préciser

A cet instant BABY tu le sais
Où tous les soleils vont se lever
Quelque part sur la terre
Les balles sifflent le sang est versé

Chante danse BABY POP
Comm'si demain BABY POP
Au petit matin BABY POP
Tu devais mourir

Teenie
Weenie
Boppie
A pris
Du L.
S.D.
Un sucre
Et la
Voici
Au bord
De la
Folie

Une Rolls la frôle de son aile
Un prince du rock est au volant
Il lui fait signe agitant vers elle
Ses fines dentelles et ses volants

Teenie
Weenie
Boppie

A pris
Du L.
S.D.
Un sucre
Et la
Voici
A terre
Éva
Nouie

Un grand garçon en habit sudiste
Lui tend ses deux mains gantées de blanc
A son doigt une mauve améthyste
En la griffant s'est teintée de sang

Teenie
Weenie
Boppie
A pris
Du L.
S.D.
Un sucre
Et la
Voici
Déjà
A l'a-
Gonie

Que sont ces fleurs aux couleurs exquises
Qui dérivent au fil du courant ?
C'est Mick Jagger qui dans la Tamise
S'est noyé dans ses beaux vêtements

Teenie
Weenie
Boppie
Est mor-
Te dans
La nuit
De quoi ?
Mais d'a-
Voir pris
Une dose
De L.
S.D.

Je n'ai besoin de personn'
En Harley Davidson
Je n'reconnais plus personn'
En Harley Davidson
J'appuie sur le starter
Et voici que je quitte la terre
J'irai p't'être au Paradis
Mais dans un train d'enfer

Je n'ai besoin de personn'
En Harley Davidson
Je n'reconnais plus personn'
En Harley Davidson
Et si je meurs demain
C'est que tel était mon destin
Je tiens bien moins à la vie
Qu'à mon terrible engin

Je n'ai besoin de personn'
En Harley Davidson
Je n'reconnais plus personn'

En Harley Davidson
Quand je sens en chemin
Les trépidations de ma machine
Il me monte des désirs
Dans le creux de mes reins

Je n'ai besoin de personn'
En Harley Davidson
Je n'reconnais plus personn'
En Harley Davidson
Je vais à plus de cent
Et je me sens à feu et à sang

Que m'importe de mourir
Les cheveux dans le vent

Je suis la fille que l'on colle
Sur les Harley Davidson
Les B.M.W.
Les camions seize tonnes

Je suis la roller girl

Je suis la fille des Bulles
La Lolita des comics
Une des plus dangereuses
Des bandes dessinées

Je suis la roller girl

Je suis l'amour en trompe l'œil
La décalcomanie girl
Le danger immédiat
Et l'amour fiction

Je suis la roller girl

Tu es faible tu es fourbe tu es fou
Tu es froid tu es faux tu t'en fous
— Évelyne je t'en prie Évelyne dis pas ça
Évelyne tu m'as aimé crois-moi

— Tu es vil tu es veule tu es vain
Tu es vieux tu es vide tu n'es rien
— Évelyne tu es injuste Évelyne tu as tort
Évelyne tu vois tu m'aimes encore

Sous aucun prétex-
Te je ne veux
Avoir de réflex-
E malheureux
Il faut que tu m'ex-
Pliques un peu mieux
Comment te dire adieu

Mon cœur de silex
Vite prend feu
Ton cœur de pyrex
Résiste mieux
Je suis bien perplex-
E je ne peux
Me résoudre aux adieux

Je sais bien qu'un ex-
Amour n'a pas de chance ou si peu
Mais pour moi une ex-
Plication vaudrait mieux

Sous aucun prétex-
Te je ne veux
Devant toi surex-
Poser mes yeux
Derrière un Kleenex
Je saurais mieux
Comment te dire adieu

Tu as mis à l'index
Nos nuits blanches nos matins gris-bleu
Mais pour moi une ex-
Plication vaudrait mieux

Aucun Boeing sur mon transit
Aucun bateau sous mon transat
Je cherche en vain la porte exacte
Je cherche en vain le mot exit

Je chante pour les transistors
Ce récit de l'étrange histoire
De tes anamours transitoires
De Belle au Bois Dormant qui dort

Tu sais ces photos de l'Asie
Que j'ai prises à deux cents Asa
Maintenant que tu n'es plus là
Leurs couleurs vives ont pâli

J'ai cru entendre les hélices
D'un quadrimoteur mais hélas
C'est un ventilateur qui passe
Au ciel du poste de police

Je t'aime et je crains
De m'égarer
Et je sème des grains
De pavot sur les pavés
De l'anamour

Un point précis sous le tropique
Du Capricorne ou du Cancer
Depuis j'ai oublié lequel
Sous le soleil exactement
Pas à côté pas n'importe où
Sous le soleil sous le soleil
Exactement juste en dessous

Était-ce le Nouveau-Mexique
Vers le cap Horn vers le cap Vert
Était-ce sur un archipel
Sous le soleil exactement
Pas à côté pas n'importe où
Sous le soleil sous le soleil
Exactement juste en dessous

Dans quel pays dans quel district
C'était tout au bord de la mer
Depuis j'ai oublié laquelle
Sous le soleil exactement
Pas à côté pas n'importe où

Sous le soleil sous le soleil
Exactement juste en dessous

C'est sûrement un rêve érotique
Que je me fais les yeux ouverts
Et pourtant si c'était réel ?
Sous le soleil exactement
Pas à côté pas n'importe où
Sous le soleil sous le soleil
Exactement juste en dessous

Manon
Manon
Non tu ne sais sûrement pas Manon
A quel point je hais
Ce que tu es
Sinon
Manon
Je t'aurais déjà perdue Manon
Perverse Manon
Perfide Manon
Il me faut t'aimer avec un autre
Je le sais Manon
Cruelle Manon
Non tu ne sauras jamais Manon
A quel point je hais
Ce que tu es
Au fond
Manon
Je dois avoir perdu la raison
Je t'aime Manon

Élisa Élisa
Élisa saute-moi au cou
Élisa Élisa
Élisa cherche-moi des poux
Enfonce bien tes ongles
Et tes doigts délicats
Dans la jungle
De mes cheveux
Lisa

Élisa Élisa
Élisa saute-moi au cou
Élisa Élisa
Élisa cherche-moi des poux
Fais-moi quelques anglaises
Et la raie au milieu
On a treize
Quatorze ans à
Nous deux
Élisa Élisa

Élisa les autres on s'en fout
Élisa Élisa
Élisa rien que toi, moi, nous
Tes vingt ans, mes quarante
Si tu crois que cela
Me tourmente
Ah non vraiment
Lisa

Élisa Élisa
Élisa saute-moi au cou
Élisa Élisa
Élisa cherche-moi des poux
Enfonce bien tes ongles
Et tes doigts délicats
Dans la jungle
De mes cheveux
Lisa !

IV

— Je t'aime je t'aime
Oh oui je t'aime !
— Moi non plus.
— Oh mon amour...
— Comme la vague irrésolue
Je vais je vais et je viens
Entre tes reins
Je vais et je viens
Entre tes reins
Et je
Me re-
Tiens

— Je t'aime je t'aime
Oh oui je t'aime !
— Moi non plus.
— Oh mon amour...
Tu es la vague, moi l'île nue
Tu vas tu vas et tu viens
Entre mes reins
Tu vas et tu viens

Entre mes reins
Et je
Te re-
Joins

— Je t'aime je t'aime
Oh oui je t'aime !
— Moi non plus.
— Oh mon amour...
— L'amour physique est sans issue
Je vais je vais et je viens
Entre tes reins
Je vais et je viens
Je me retiens
— Non ! main-
Tenant
Viens !

Gainsbourg et son Gainsborough
Ont pris le ferry-boat
De leur lit par le hublot
Ils regardent la côte
Ils s'aiment et la traversée
Durera toute une année
Ils vaincront les maléfices
Jusqu'en soixante-dix

Gainsbourg et son Gainsborough
Vont rejoindre Paris
Ils ont laissé derrière eux
La Tamise et Chelsea
Ils s'aiment et la traversée
Durera toute une année
Et que les Dieux les bénissent
Jusqu'en soixante-dix

Ils s'aiment et la traversée
Durera toute une année

Il pardonn'ra ses caprices
Jusqu'en soixante-dix

Soixant'neuf année érotique

V

HISTOIRE DE MELODY NELSON

Les ailes de la Rolls effleuraient des pylônes
Quand m'étant malgré moi égaré
Nous arrivâmes ma Rolls et moi dans une zone
Dangereuse, un endroit isolé

Là-bas, sur le capot de cette Silver Ghost
De dix-neuf cent dix s'avance en éclaireur
La Vénus d'argent du radiateur
Dont les voiles légers volent aux avant-postes.

Hautaine, dédaigneuse, tandis que hurle le poste
De radio couvrant le silence du moteur
Elle fixe l'horizon et l'esprit ailleurs
Semble tout ignorer des trottoirs que j'accoste

Ruelles, culs-de-sac aux stationnements
Interdits par la loi, le cœur indifférent
Elle tient le mors de mes vingt-six chevaux vapeur

Princesse des ténèbres, archange maudit
Amazone modern style que le sculpteur
En anglais, surnomma Spirit of Ecstasy

Ainsi je déconnais avant que je ne perde
Le contrôle de la Rolls. J'avançais lentement
Ma voiture dériva et un heurt violent
Me tira soudain de ma rêverie. Merde !

J'aperçus une roue de vélo à l'avant,
Qui continuait de tourner en roue libre,
Et comme une poupée qui perdait l'équilibre
La jupe retroussée sur ses pantalons blancs

— Tu t'appelles comment ?
— Melody
— Melody comment ?
— Melody Nelson

Melody Nelson a les cheveux rouges
Et c'est leur couleur naturelle

Ça c'est l'histoire
De Melody Nelson
Qu'à part moi-même personne
N'a jamais prise dans ses bras
Ça vous étonne
Mais c'est comme ça

Elle avait de l'amour
Pauvre Melody Nelson
Ouais, elle en avait des tonnes
Mais ses jours étaient comptés
Quatorze automnes
Et quinze étés

Un petit animal
Que cette Melody Nelson
Une adorable garçonne
Et si délicieuse enfant
Que je n'ai con-
Nue qu'un instant

Oh ! Ma Melody
Ma Melody Nelson
Aimable petite conne
Tu étais la condition
Sine qua non
De ma raison.

Le soleil est rare
Et le bonheur aussi
L'amour s'é-
Gare au long
De la vie

Le soleil est rare
Et le bonheur aussi
Mais tout bouge
Au bras de
Melody

Les murs d'enceinte
Du labyrinthe
S'entrouvrent sur
L'infini

Le soleil est rare
Et le bonheur aussi
Mais tout bouge

Au bras de
Melody

Les murs d'enceinte
Du labyrinthe
S'entrouvrent sur
L'infini

Ah ! Melody
Tu m'en auras fait faire
Des conneries
Hue hue et ho
A dada sur mon dos
Oh ! Melody
L'amour tu ne sais pas ce que c'est
Tu me l'as dit
Mais tout c'que tu dis est-il vrai ?

Ah ! Melody
Tu m'en auras fait faire
Des conneries
Hue hue et ho
A dada sur mon dos
Oh ! Melody
Si tu m'as menti j'en ferai
Une maladie
Je n'sais pas c'que je te ferai

Au cinquante-six, sept, huit, peu importe
De la rue X, si vous frappez à la porte
D'abord un coup, puis trois autres, on vous laisse
[entrer
Seul et parfois même accompagné.

Une servante, sans vous dire un mot, vous précède
Des escaliers, des couloirs sans fin se succèdent
Décorés de bronzes baroques, d'anges dorés,
D'Aphrodites et de Salomés.

S'il est libre, dites que vous voulez le quarante-quatre
C'est la chambre qu'ils appellent ici de Cléopâtre
Dont les colonnes du lit de style rococo
Sont des nègres portant des flambeaux.

Entre ces esclaves nus taillés dans l'ébène
Qui seront les témoins muets de cette scène,
Tandis que là-haut un miroir nous réfléchit,
Lentement j'enlace Melody

Melody voulut revoir le ciel de Sunderland
Elle prit le sept cent sept, l'avion cargo de nuit.
Mais le pilote automatique aux commandes
De l'appareil fit une erreur fatale à Melody.

Je sais moi des sorciers qui invoquent les jets
Dans la jungle de Nouvelle-Guinée
Ils scrutent le zénith convoitant les guinées
Que leur rapporterait le pillage du fret

Sur la mer de corail au passage de cet
Appareil ces créatures non dénuées
De raison ces papous attendent des nuées
L'avarie du Viscount et celle du Comet

Et comme leur totem n'a jamais pu abattre
A leurs pieds ni Boeing ni même D.C. quatre
Ils rêvent de hijaks et d'accidents d'oiseaux

Ces naufrageurs naïfs armés de sarbacanes
Qui sacrifient ainsi au culte du cargo
En soufflant vers l'azur et les aéroplanes.

Où es-tu Melody et ton corps disloqué
Hante-t-il l'archipel que peuplent les sirènes
Ou bien accrochée au cargo dont la sirène
D'alarme s'est tue, es-tu restée

Au hasard des courants as-tu déjà touché
Ces lumineux coraux des côtes guinéennes
Où s'agitent en vain ces sorciers indigènes
Qui espèrent encore en des avions brisés

N'ayant plus rien à perdre ni Dieu en qui croire,
Afin qu'ils me rendent mes amours dérisoires
Moi, comme eux, j'ai prié les cargos de la nuit

Et je garde cette espérance d'un désastre
Aérien qui me ramènerait Melody
Mineure détournée de l'attraction des astres.

VI

Tourne-toi
— Non
— Contre moi
— Non, pas comm'ça
— ... Et danse
La décadanse.
Oui c'est bien
Bouge tes reins
Lentement
Devant les miens
— Reste là
Derrièr' moi
Balance
La décadanse
Que tes mains
Frôlent mes seins
Et mon cœur
Qui est le tien
— Mon amour
De toujours
Patience

La décadanse
Sous mes doigts
T'emmènera
Vers de lointains
Au-delà
— Des eaux troubles
Soudain troublent
Mes sens
La décadanse
M'a perdue
Ah tu me tues
Mon amour
Dis m'aimes-tu ?
— Je t'aimais
Déjà mais
Nuance
La décadanse
Plus encore
Que notre mort
Lie nos âmes
Et nos corps
— Dieux Pardo-
Nnez nos
Offenses
La décadanse
A bercé
Nos corps blasés
Et nos âmes égarées
— Dieux !
Pardonnez nos offenses

Elle est si chatte que je lui dis mou
Elle est si grosse que je lui dis vous
Elle est si laide que je lui dis bbou
Et si lady que je lui dis you

Elle est fainéasse je lui dis do
Something remue tes roudoudous
Elle somnole je lui fais hou
Elle sursaute et fait la moue

Elle est si bête faut lui dire tout
Elle est si gourde faut lui dire où
Elle est si tiède et moi qui bous
Je veux remettr'ça ell' me dit des clous

Elle en veut tell'ment que je lui dis pouce
Et pour souffler je lui lis Proust
Mais elle est si sotte que je lui dis pousse
Toi d'là ça suffit allez oust !

Je suis venu te dire que je m'en vais
Et tes larmes n'y pourront rien changer
Comme dit si bien Verlaine *Au vent mauvais*
Je suis venu te dire que je m'en vais

Tu t'souviens des jours anciens et tu pleures
Tu suffoques, tu blêmis à présent qu'a sonné l'heure
Des adieux à jamais
Oui je suis au regret
De te dire que je m'en vais
Oui je t'aimais, oui, mais

Je suis venu te dire que je m'en vais
Tes sanglots longs n'y pourront rien changer
Comme dit si bien Verlaine *Au vent mauvais*
Je suis venu te dire que je m'en vais

Tu es belle vue de l'extérieur
Hélas je connais tout ce qui se passe à l'intérieur
C'est pas beau même assez dégoûtant
Alors ne t'étonne pas si aujourd'hui je te dis va-t'en
Va t'faire voir
Va faire voir ailleurs
Tes roudoudous
Tout mous tout doux
Et ton postérieur

Il est beau vu de l'extérieur
Malheur à moi qui ai pénétré à l'intérieur
C'était bon ça évidemment
Mais tu sais comme moi que ces choses-là n'ont qu'un
[temps
Va t'faire voir
Va faire voir ailleurs
Tes roploplos
Tout beaux tout chauds
Et ton gros pétard
Il est beau vu de l'extérieur

Qu'est-ce qui m'a pris grands dieux d'm'aventurer à [l'intérieur
C'était bon ça évidemment
Mais tu sais comme moi que ces choses-là n'ont qu'un [temps
Va t'faire voir
Va faire voir ailleurs
Tes deux doudounes
Tes gros balounes
Et ton p'tit valseur

Il est beau vu de l'extérieur
J'aurais dû me méfier pas m'risquer à l'intérieur
C'était bon ça évidemment
Mais tu sais comme moi que ces choses-là n'ont qu'un [temps
Va t'faire voir
Va faire voir ailleurs
Et sans délai
Tes boîtes à lait
Et ton popotin

Il est beau vu de l'extérieur
Pauvre de moi qui m'suis risqué à l'intérieur
C'était bon ça évidemment
Mais tu sais comme moi que ces choses-là n'ont qu'un [temps
Va t'faire voir
Va faire voir ailleurs
Tes beaux lolos
En marsh-mallow
Et ton p'tit panier

Il est beau vu de l'extérieur
Mais tu sais comme moi tout ce qui s'passe à
[l'intérieur
C'est pas beau même assez dégoûtant
Alors ne t'étonne pas si aujourd'hui je te dis va-t'en
Va t'faire voir
Va t'faire voir ailleurs...

Une histoire sensuelle et sans suite
Ça fait crac ça fait pschtt
Crac je pends la fille et puis pschtt
J'prends la fuite
Elles en pincent toutes pour ma pomme cuite
J'suis un crack, pour ces p'tites
Crac les v'là sur l'dos et moi pschtt
J'en profite

Leurs p'tits cœurs palpitent
Tandis qu'elles s'excitent
Qu'elles s'envoient au zénith

Elles sont gonflées, ouais, mais très vite
Elles craquent et alors pschtt
Crac c'est les nerfs, et puis pschtt
Y'a comme une fuite

J'aime jouer avec la dynamite
Quand ça craque, ça fait pschtt
Crac j'allume la mèche et puis pschtt
Je m'exit

Par hasard et
Pas rasé
Je rapplique chez elle et sur qui j'tombe
Comme par hasard un para
Le genre de mec qui les tombe
toutes
Ça m'en fiche un coup
Je suis comme un fou

Je m'en vais
Au hasard en rasant
Les murs du cimetière je saute de tombe en tombe
Au hasard des allées
Ça m'a fait l'effet d'une bombe
Toutes
Les mêmes après tout
Cette fille je m'en fous...

Ça m'a fait
L'effet d'une bombe
A raser

C'est un Rubens
C'est une hippopodame
Avec un D
Comme dans marsh-mallow
Et si j'en pince
Pour c't'hippopodame
C'est qu'avec elle j'ai des prix de gros

Ah quel suspense
Sur mon hippopodame
Avec un D
Comm' dans vas-y molo
Les ressorts grincent
Sous l'hippopodame
Mais au d'ssus je m'sens bien dans sa peau

C'est pas une mince
Affaire c't'hippopodame
Avec un D
Comme dans gigolo
Lorsqu'elle me coince

Mon hippopodame
Entre ses deux groseilles à maquereaux

Puis elle se rince
Vite fait l'hippopodame
Avec un D
Comme dans lavabo
Elle redevient princ-
Esse hippopodame
Et me refile mon petit cadeau

C'est une petit' poupée qui fait pipi caca
Une petit' poupée qui dit papa
Elle a des petit's socquett's blanches
Et une culotte à trou-trous
Une petite chaînette autour du cou
Elle a des petit's socquett's blanches
Et une culotte à trou-trous
Quand elle remue du croupion ça m'rend coucou

C'est une petit' poupée qui fait pipi caca
Une petit' poupée qui dit papa
Faut la rattraper par la manche
Sinon elle part en arrière
Elle bascule en gardant les yeux grands ouverts
Faut la rattraper par la manche
Sinon elle part en arrière
Elle se couche sur le dos les pattes en l'air

C'est une petit' poupée qui fait pipi caca
Une petit' poupée qui dit papa
Je lui réponds d'une voix blanche

Je t'aime petit mannequin
Avant de la balancer sur les coussins
Je lui réponds d'une voix blanche
Je t'aime petit mannequin
Et je désarticule le pauvre pantin

C'est une petit' poupée qui fait pipi caca
Une petit' poupée qui dit papa
Et je fais gaffe avec mes hanches
De n'pas trop la bousculer
Il est si facile de la faire pleurer
Oui je fais gaffe avec mes hanches
De n'pas la bousculer
Car j'ai bien peur de déchirer ma poupée

J'connais dans une boît' de Soho
Une nommée Pamela Popo
Une de ces p'tit's nanas dont la peau
Est plus noire qu'un conte d'Edgar Allan Poe

Sur une musiqu' de rococo
Cett' petite Pamela Popo
A mis au point un de ces numéros
De strip-tease à vous fair' froid dans le dos

Elle retire d'abord un maillot
De corps sur lequel est marqué Pamela Popo
En lettres d'or et sans un mot
Elle esquisse le slow

Après quoi les lolos
A l'air Pamela Popo
Se met à soupirer oh oh
Oh oh oh
Oh Pamela Popo

Enfin on tamise les projos
Sur Pamela Popo
Qui de dos
Baisse sa culotte *petit-négro*

Je sais pas ce qu'il y a d'vrai là dedancre
On dit qu'c'est une princesse Inca
Elle a l'pubis noir comme l'encre
Ouais pour un cas c'est un cas

Vous savez bien cette prinsœur
Qui vomissait perles et diamants
Elle, elle s'rait plutôt comme sa sœur
Elle vomit crapauds et serpents

Quand un toutou fait de beaux rêves
On dessine un os dans un nuage
Moi, quand il m'arrive d'rêver d'Ève
L'os est dans le nez d'cette sauvage

A la voir c'est l'genre délic'ongle
Elle fait toujours vachement soignée
Sauf que le rouge qu'elle a aux ongles
C'est mon pauvr' sang coagulé

Si par hasard devant chez moire
Vous passez, faites le sourd

J'suis en train d'remplir la baignoíre
Et elle vous appelle au secours

Enfin d'toute façon c'est pas grave
J'en ai tiré une bonne leçon :
Prendre les filles pour c'qu'elles ne sont paves
Et les laisser pour ce qu'elles sont

Cette fille-là on peut dire que c'est un cas
J'aimerais la noyer dans le Titicaca

Quand je m'trimbale
Une p'tit' poupée dans mon tape-cul
C'est comme si je lui faisais
Panpan cucul

Tandis que mon tas de ferraille
Fait teuf teuf teuf,
Elle, elle arrêt' pas de faire aïe
Houla ouille

S'échappant de son p'tit valseur
Comm' d'une band' dessinée
Les étoiles de la douleur
Se mettent à scintiller

La voici bientôt en chaleur
Sur des charbons ardents,
Moi j'donne' des coups d'avertisseur
Qui font...

Déjà deux heures que j'fais l'pet d'vant sa porte
[comme un groom
Elle manque pas d'air cell'-là
Je devais l'emmener souper dans un grill-room
En l'attendant je fais des vents des pets des poums

Non mais pour qui elle' s'prend cell'-là pour la Begum
Après on devait aller danser au Voom-Voom
En l'attendant je fais des vents des pets et des poums

Saint-Tropez c'est râpé pour toi pauvre clown
Elle t'a pété dans la main cette fille-là, badaboum
En l'attendant je fais des vents des pets des poums

Tiens, celui-là était pas mal du tout, il a fait boum
Et celui-ci il est parti comme une balle doom-doom
En l'attendant tu fais des vents des pets des poums

Et celui-là dis donc pschtt, un vrai simoun
Celui-ci pardon, il a fait aussi chaud qu'au Cameroun
En l'attendant tu fais des vents des pets des poums

Tiens ç'ui-ci était bien envoyé, il a fait voom
Et celui-là vlan, il a fait vroom
En l'attendant je fais des vents des pets des poums

VII

ROCK AROUND THE BUNKER

Enfilez vos bas noirs, les gars
Ajustez bien vos accroch'bas
Vos port'jarr'tell's et vos corsets
Allez venez ça va s'corser
On va danser le
Nazi Rock Nazi
Nazi Nazi Rock Nazi

Maquillez vos lèvres les gars
Avec des rouges délicats
Faites-vous des bouches sanglantes
Ou noires ou bleues si ça vous tente
On va danser le
Nazi Rock Nazi
Nazi Nazi Rock Nazi

Sur vos boucles blondes les gars
Mettez fixatifs et corps gras
N'épargnez ni onguents ni fards

Venez avant qu'il n'soit trop tard
On va danser le
Nazi Rock Nazi
Nazi Nazi Rock Nazi

Otto est une tata teutonne
Pleine de tics et de totos
Qui s'autotète les tétés
En se titillant les tétons
Et sa mitraillette fait
Ta tatata tatata

Assez porté sur la tortore
Il s'tape des tonn's de steak tartare
Puis Otto rote et jette hautain
Son étron au trou des tinettes
Son gros pétard pète et fait
Ta tata tata tata

Pour ce teuton tout est torture
Tata ayant tâté de tout
Otto fait les tasses à tâtons
Oui mais question tutu tintin
Une voix derrière lui fait
Ta ta ta ta ta ta ta

Moustache
Postiche
P'tite mèche
D'loustic
Œil vache
Bouche sèche
Moche Reich
Louche speech

Vieux chnock
Pauv' cloche
P'tit shmock
Faux derche
Grosses miches
Pauvr'cruche
Baudruche
D'Autriche

Grand lâche
Type louche
Grosse vache

De basse souche
Pomme Fritz
Sale Chleu
Mouche verte
Jérôme boche

J'entends des voix off
Qui me disent Adolf
Tu cours à la catastrophe
Mais je me dis bof
Tout ça c'est du bluff

Eva aime SMOKE GETS IN YOUR EYES
Cet air-là l'emmène au paradise
Au lit
Dans ses Holi-
Days on ice

Ah comme parfois j'aimerais qu'elle aille
Se faire foutre avec SMOKE GETS IN YOUR EYES

Dans mon nid d'aigle
Ses espiègles
Rires jaillissent
Ell' me fait voir sa petite barbe de maïs
Mais j'peux pas faire
L'amour mes nerfs
Me trahissent
Quand j'entends SMOKE GETS IN YOUR EYES

Il faut que je casse ce disque
Avant que je la haïsse
Et que cet air américain m'envahisse

Zig zig avec toi
Et lorsque ton corps zigzague
Zig zig toi et moi
Hum ! quel émoi

Zig zig oui je t'aime
J'aime ton petit corps blême
Zig zig toi et moi
Hum ! quel émoi

Big big je vois grand
N'est-c'pas qu'je suis un bon zigue
Big big c'est pour toi
Big big hum ! quel émoi

Big big mon amour
Est si grand qu'j'en fais pas l'tour
Big big c'est pour toi
Big big hum ! quel émoi

Big big je vois grand
N'est-c'pas qu'je suis un bon zèbre
Big big c'est pour toi
Big big hum ! quel émoi

Sont-ce ces insensés assassins ?
Est-ce ainsi qu'assassins s'associent ?
Si, c'est depuis l'Anschluss que sucent
Ces sangsues le juif Suss

Est-ce est-ce si bon si bon ?
S-S si bon

C'est sain c'est sauf ça se sent sûr
Sans se soucier car ça se censure
Il eût fallu en plus qu'en Prusse
Ces processus se sussent

J'ai gagné la Yellow star
Et sur cette Yellow star
Inscrit sur fond jaune vif
Y'a un curieux hiéroglyphe

J'ai gagné la Yellow star
Et sur cette Yellow star
Y'a peut-être marqué Shérif
Ou marshall ou big chief

J'ai gagné la Yellow star
Je porte la Yellow star
Difficile pour un juif
La loi du Struggle for life

Rock around the bunker
Rock around rock around

Y tombe
Des bombes
Ça boume
Surboum
Sublime

C'est l'hé-
Catombe
Ça r'tombe
En trombe
Ça fume

Infâme
Napalm
Les flammes
Surplombent
L'abîme

Des plombes
Qu' ça tombe
Un monde

Immonde
S'abîme

Tout flambe
Les tombes
Les temples
Exemple
Sublime

Goddam
Tout crame
Tout tremble
Et tombe
En ruine

S.S. in Uruguay
Sous un chapeau de paille
J'siffle un jus de papaye
Avec paille

S.S. in Uruguay
Sous le soleil duraille
Les souvenirs m'assaillent
Aïe Aïe Aïe

Il y a des couillonnes
Qui parlent d'extraditionne
Mais pour moi pas questionne
De payer l'additionne

S.S. in Uruguay
J' n'étais qu'un homme de paille
Mais j'crains des représailles
Où que j'aille

S.S. in Uruguay
Sous un chapeau de paille
J'siffle un jus de papaye
Avec paille

S.S. in Uruguay
J'ai gardé d'mes batailles
Croix gammée et médailles
En émail

Y'a toujours ces couillonnes
Qui parlent d'extraditionne
Mais pour moi pas questionne
De payer l'additionne

S.S. in Uruguay
J'ai ici d'la canaille
Qui m'obéit au doigt
Heil ! Et à l'œil

VIII

L'HOMME À TÊTE DE CHOU

Je suis l'homme à tête de chou
Moitié légume moitié mec
Pour les beaux yeux de Marilou
Je suis allé porter au clou
Ma Remington et puis mon break
J'étais à fond de cale à bout
De nerfs, j'avais plus un kopeck,
Du jour où je me mis avec
Elle je perdis à peu près tout,
Mon job à la feuille de chou
A scandales qui me donnait le bifteck
J'étais fini foutu échec
Et mat aux yeux de Marilou
Qui me traitait comme un blanc-bec
Et me rendait moitié coucou.
Ah non tu peux pas savoir mec
Il lui fallait les discothèques
Et bouffer au Kangourou
Club alors je signais des chèques
Sans provision j'étais fou fou
A la fin j'y fis le caillou

Comme un melon une pastèque
Mais comment
Je ne vais pas tout
Déballer comme ça aussi sec.
Quoi ? Moi ? L'aimer encore ? Des clous.
Qui et où suis-je ? Chou ici ou
Dans la blanche écume varech
Sur la plage de Malibu.

Chez Max coiffeur pour hommes
Où un jour j'entrais comme
Par hasard me faire raser la couenne
Et rafraîchir les douilles
Je tombe sur cette chienne
Shampooineuse
Qui aussitôt m'aveugle par sa beauté païenne
Et ses mains savonneuses
Elle se penche et voilà ses doudounes
Comme deux rahat-loukoums
A la rose qui rebondissent sur ma nuque boum boum
Je pense à la fille du Calife
De la mille et deuxième nuit
Et sens la pointe d'un canif
Me percer le cœur je lui dis
Petite je te sors ce soir o.k.
Elle a d'abord un petit rire comme un hoquet
Puis sous le sirocco du séchoir
Dans mes cheveux
La petite garce laisse choir
Je veux...

Quand Marilou danse reggae
Ouvrir braguette et prodiguer
Salutations distinguées
De petit serpent katangais

Quand Marilou danse reggae
Sur Marilou passer à gué
Beaucoup caresses et endiguer
Spermatozoïdes aux aguets

Quand Marilou danse reggae
Au bord climax faire le guet
Changer vitesse changer braquet
Et décoller avion Bréguet

Quand Marilou danse reggae
Elle et moi plaisirs conjugués
En Marilou moi seringuer
Faire mousser en meringué

Quand Marilou danse reggae
Quand Marilou bien irriguée
Jamais jamais épiloguer
Record à corps homologué

Quand Marilou danse reggae
Petit détail à divulguer
En petit nègre dialogué
Après l'amour pisser sagaie

Vroom vroom me voici rose zinc
Avion fantôme hou hou
Aéroplane vieux coucou
Dont l'altimètre se déglingue
C'est à peine si je distingue
Les balises du terrain où
Je me pose en casse-cou
J'alanguis dans la nuit buccale
Où je vais transiter un coup
Serais-je chez les cannibales ?
Une haleine de peppermint
M'envahit le cockpit ding ding
Je me sens vibrer la carlingue
Se dresser mon manche à balou
Dans la tour de contrôle en bout
De piste une voix cunilingue
Me fait glou glou
Je vous reçois cinq sur cinq
Mais qu'est-ce que c'est que ce trou
Perdu, suis-je en pays zoulou
Mais non voyons suis-je dingue
Je suis à Marilou

Un soir qu'à l'improviste chtac
Je frappe à ma porte toc toc
Sans réponse je pousse le loqu
Et j'écoute gémir le hamac
Grincer les ressorts du paddock
J'avance dans le black
Out et mon Kodak
Impressionne sur les plaques
Sensibles de mon cerveau une vision de claque
Je sens mon rythme cardiaque
Qui passe brusquement à mach
Deux tic tac tic tac
Comme sous un électrochoc
Elle était entre deux macaques
Du genre festival à Woodstock
Et semblait une guitare rock
A deux jacks
L'un à son trou d'obus l'autre à son trou de balle
Crac
Eh doc...
Qui moi paranoïaque ?

Demandez donc un peu au vioque
Qui est portier de nuit au Rox-
Y Hôtel si je débloque
C'est là à jamais sur le bloc-
Notes de ma mémoire black
Sur white et quoi que
Je fasse ça me reviendra en flash back
Bordel jusqu'à ce que j'en claque

Marilou se fait des aéroplanes
En repliant des dépliants d'agences de voyages genre [Cook
Où l'on peut voir des pin-up à gros seins new-look
Sur fond d'azur de Louisiane
Elle est marrante, c'est une fan
Du cap'tain Cook
Elle a sur lui tout un press-book
Aussi sur Tarzan dont elle est folle comme Jane
Je la vois assez l'enlacer et lui de liane en liane
Pousser son cri en volapük
Du côté de Pernambuk
Et moi Chita le singe qui leur cavale au cul dans la [savane
Pauvre idiote tu rêves tu planes
Me traites de fauché de plouc
De minable d'abominable bouc
Qu'importe, injures un jour se dissiperont comme [volute Gitane

J'ai ressenti les premières atteintes du mal
Sous les sarcasmes de Marilou
Mes oreilles après des mots comme vieux con pédale
Se changèrent en feuilles de chou
Aux aurores j'allais au café buraliste
Faire provision de fumigènes
Et je demandais au pompiste
Derrière le zinc le plein de kérosène
Puis traînant mes baskets
Je m'allais enfermer dans les water-closets
Où là je vomissais mon alcool et ma haine
Titubant je m'en revenais
Et les petits enfants riaient
De mes oreilles en chou-fleur
J'avais pris peu à peu la tronche d'un boxeur

Oh ma lou
Oh Marilou
Petite gueuse
Shampooineuse
De mes rêves
Oh ma lou
Oh Marilou
Si tu bronches je te tords le cou
Oh ma lou
Oh Marilou
Tiens-toi à
Carreau la
Vie est brève
Oh ma lou
Oh Marilou
Un faux pas et t'voilà au trou
Oh ma lou
Oh Marilou
Tu as mon âme
Monogame
Et ma sève

Oh ma lou
Oh Marilou
C'est pour toi et un point c'est tout
Oh ma lou
Oh Marilou
J'aim' tes deux
Seins tes yeux
Et ta fève
Oh ma lou
Oh Marilou
Fais gaffe ou
Je te rentre dans le chou

Variations
sur Marilou

Dans son regard absent
Et son iris absinthe
Tandis que Marilou s'amuse à faire des vol-
Utes de sèches au menthol
Entre deux bulles de comic-strip
Tout en jouant avec le zip
De ses Levis
Je lis le vice
Et je pense à Caroll Lewis

Dans son regard absent
Et son iris absinthe
Tandis que Marilou s'évertue à faire des vol-
Utes de sèches au menthol
Entre deux bulles de comic-strip
Tout en jouant avec son zip
A entrebâiller ses Levis
Dans son regard absent et son iris
Absinthe dis-je je lis le vice
De Baby Doll
Et je pense à Lewis
Caroll

Dans son regard absent
Et son iris absinthe
Quand crachent les enceintes
De la sono lançant
Accords de quartes et de quintes
Tandis que Marilou s'esquinte
La santé s'éreinte
A s'envoyer en l'air...

Lorsqu'en un songe absurde
Marilou se résorbe
Que son coma l'absorbe
En pratiques obscures
Sa pupille est absente
Mais son iris absinthe
Sous ses gestes se teinte
D'extases sous-jacentes
A son regard le vice
Donne un côté salace
Un peu du bleu lavasse
De sa paire de Levis
Et tandis qu'elle exhale
Un soupir au menthol
Ma débile mentale
Perdue en son exil
Physique et cérébral
Joue avec le métal
De son zip et l'atoll
De corail apparaît
Elle s'y coca-colle

Un doigt qui en arrêt
Au bord de la corolle
Est pris près du calice
Du vertige d'Alice
De Lewis Caroll

Lorsqu'en songes obscurs
Marilou se résorbe
Que son coma l'absorbe
En des rêves absurdes
Sa pupille s'absente
Et son iris absinthe
Subrepticement se teinte
De plaisirs en attente
Perdue dans son exil
Physique et cérébral
Un à un elle exhale
Des soupirs fébriles
Parfumés au menthol
Ma débile mentale
Fait tinter le métal
De son zip et narcisse
Elle pousse le vice
Dans la nuit bleu lavasse
De sa paire de Levis
Arrivée au pubis
De son sexe corail

Écartant la corolle
Prise au bord du calice
De vertigo Alice
S'enfonce jusqu'à l'os
Au pays des malices
De Lewis Caroll

Pupille absente iris
Absinthe baby doll
Écoute ses idoles
Jimmy Hendrix Elvis
Presley T-Rex Alice
Cooper Lou Reed les Roll
Ing Stones elle en est folle
Là-dessus cette Narcisse
Se plonge avec délice
Dans la nuit bleu pétrole
De sa paire de Levis
Elle arrive au pubis
Et très cool au menthol
Elle se self-contrôle
Son petit orifice
Enfin poussant le vice
Jusqu'au bout du calice
D'un doigt sex-symbole
S'écartant la corolle
Sur fond de rock'n'roll
S'égare mon Alice
Au pays des malices
De Lewis Caroll

Pour éteindre le feu au cul de Marilou
Un soir n'en pouvant plus de jalousie
J'ai couru de l'hôtel décrocher de son clou
L'extincteur d'incendie
Brandissant le cylindre
D'acier je frappe paf et Marilou se met à geindre
De son crâne fendu s'échappe un sang vermeil
Identique au rouge sanglant de l'appareil
Elle a sur le lino
Un dernier soubresaut
Une ultime secousse
J'appuie sur la manette
Le corps de Marilou disparaît sous la mousse

Marilou repose sous la neige
Et je me dis et je me redis
De tous ces dessins d'enfant que n'ai-je
Pu préserver la fraîcheur de l'inédit

De ma Lou en bandes dessinées je
Parcourais les bulles arrondies
Lorsque je me vis exclu de ses jeux
Érotiques j'en fis une maladie

Marilou se sentait prise au piège
Tous droits d'reproduction interdits
Moi naïf j'pensais que me protégeaient
Les droits du copyright opera mundi

Oh ma Lou il fallait que j'abrège
Ton existence c'est ainsi
Que Marilou s'endort sous la neige
Carbonique de l'extincteur d'incendie

Le petit lapin de Playboy ronge mon crâne végétal
Shoe shine boy
Oh Marilou petit chou
Qui me roulait entre ses doigts comme du caporal
Me suçotait comme un cachou
Et savait le dialecte chou
Poupouppidou
Tu sais ma Lou
Dans cette blanche clinique
Neuropsychiatrique
A force de patience et d'inaction
J'ai pu dresser un hanneton
Sur ma tête héliport
L'hélicoléoptère
De ses élytres d'or
Refermant l'habitacle
Incline ses antennes
Porteuses d'S.O.S.
Mais merde les phalènes
Frémissantes de stress
Interceptent en vol

Mes signaux de détresse
Manque de bol...
Les parasites de radio Pou
Ont brouillé mes messages fou
Que j'étais de toi Marilou

IX

À Charles Trenet

A la frontière du souvenir
Et de l'oubli où s'arabesquent les fils
D'or barbelés de mes songes secrets,
J'entrevois un passeur de rêves
Auréolé d'un feutre clair
Et de soleils fulgurants d'avant-guerre

Son chant est d'une sirène mâle
A qui des haut-parleurs coniques
Surplombant les sables émouvants
De mes premières vacances
Et connectés à la T.S.F.
Aussi les gramophones à manivelle
De belles oisives éthérées
Aux terrasses des casinos
Prêtent le don d'ubiquité
Et le pouvoir des magiciens

Que reste-t-il de ces amours
A l'analyse de mon graphisme
J'entends et veux laisser entendre

Que mon initiale passion juvénile
Aux initiales du fou chantant
Fut asexuée quoique sensuelle
Homosexuelle pure et sombre comme l'améthyste
Le journal intime et de bord
De cet amour initiatique
Étant passés présents et demains avenir
Le recueil des poèmes qui suivent

Sonnet lolitien

Je penche pour les corps et fleurs artificiels
L'impression polychrome et la visée réflex
Par laquelle parfois l'on entrevoit des sexes
Virer du singulier au féminin pluriel

J'ai toujours cru bon de passer à l'essentiel
Appréciant surtout le grand angle et la surex
C'est vrai je dirais même qu'il m'est arrivé presque
En tirant mes Ektas de ces extases telles

Qu'en visionnant mes petites aborigènes
Shirley T. Lolita madone et autres naines
Je me suis pris à regretter de n'être pas

Le prince Vibescu des ONZE MILLE VERGES
Ou le Gilles de Rais de Huysmans J.-K.
Déflorant les pygmées au cœur des forêts vierges

Je pratique
La politique
De la femme brûlée
Je brûle toutes celles que j'ai adorées

II
FLASH-BACK

III

IV

V

HISTOIRE DE MELODY NELSON

VI

VII
ROCK AROUND THE BUNKER

VIII
L'HOMME À TÊTE DE CHOU

IX

DU MÊME AUTEUR

Aux Éditions Gallimard

EVGUÉNIE SOKOLOV, *roman* (Folio, n° 1643)

Chez d'autres éditeurs

CHANSONS CRUELLES, *textes*, éd. Tchou, 1968 (épuisé)
MELODY NELSON, *texte*, éd. Losfeld, 1971 (épuisé)
AU PAYS DES MALICES, *textes*, éd. Le Temps Singulier, 1980 (épuisé)
BAMBOU ET LES POUPÉES, *texte et photographies*, éd. Filipacchi, 1981
GAINSBOURG, *album* (en collaboration avec Alain Coelho et Franck Lhomeau), éd. Denoël, 1986.
MON PROPRE RÔLE 2, *textes*, éd. Denoël, 1987, 1991

Impression Bussière à Saint-Amand (Cher),
le 20 octobre 1991.
Dépôt légal : octobre 1991.
Numéro d'imprimeur : 2397.
ISBN 2-07-038445-4. / Imprimé en France.

53812